謝哲青

早知道就待在家

I Should Stayed at Home,

Far from It!

自序——

寫在出發之前

數千年來，大洋洲先民們坐在獨木舟上，單單憑著風向、水溫、魚群與太陽位置微妙的差異，就可以知道洋流的變化，以及眾多島嶼的相關位置。相較於十五世紀後才進入大航海時代的歐洲人來說，即使累積了可觀的航海知識，但在玻里尼西亞人的眼中，似乎一點用也沒有。最後，長老們嘆氣說道：「早知道出門只學些沒用的東西，還不如待在家。」

大部分的我們，應該都知道「為什麼出門」以及「如何回家」。無論在外流浪多久，終究會回到旅行的原點，也就是被我們稱之為「家」的地方。當然，家可能是物理性的場所，也可能是精神性的所在。

第一次世界大戰期間，許多英格蘭的年輕人受到感召，前仆後繼地奔向歐陸，去打那場「終結一切戰爭的戰爭」，多年後有幸還鄉的孩子們，發現自己的房間，維持得和出門時一模一樣，不禁痛哭失聲。自己在戰場上變了，但「家」仍定格在某個魔法時刻，彷彿這些物件留在原地，就能夠留住那個稍縱即逝的美好，等待遊子的歸來，繼續完成未竟的生活。

這樣的情境，不僅發生在歷史課本中，也普遍存在於各地的觀光名勝。很多年前，我到挪威的 Troldhaugen 參觀作曲家葛利格（Edvard Grieg）的小屋，這是作曲家和妻子度過晚年的所在。小屋裡大部分的擺設仍維持著作曲家過世時的樣貌，墊在座椅上厚厚的貝多芬奏鳴曲琴譜全集，喝了幾口就放著的咖啡杯，書桌上甚至還有他剛上過墨的筆，以及沒譜完的樂曲。大文豪狄更斯、維克多・雨果、托爾斯泰、安徒生，藝術家文生・梵谷、莫內、畢卡索與達利的故居也差不多是如此場景。每當我隔著玻璃或繩子，觀看被凍結的時光，內心同時會冒出神聖與荒謬兩種相互抵觸的矛盾感受：這裡就是所有偉大的起點！但這樣就可以捉住什麼嗎？「家」只是象徵性地擺了幾樣東西的寓所嗎？

辛丑年節氣小滿過後，母親走完她多彩且多難的一生。結果，我和家人也做了相同的事，母親房裡的每件衣服、每一條毯子、每一本筆記、每一瓶藥罐、每一張收據，都維持原狀，和母親進入加護病房的那天一模一樣。

當我站在母親的臥榻前，才清楚意會到，枕頭上的凹痕、涼被上的縐摺、標示著日期、還有兩天就吃完的藥……「一模一樣」的家給了留下來的我們多大的安慰，彷彿她未曾遠去，只是離開一下下而已。當然，這些刻意保存的凌亂，延長我們對逝者的情感，同樣地，也延長了難以置信的空虛與哀慟。

有很長一段時間，我以為，世界就是我的家。

直到後來，我才明白，家，就是我的世界。

飄泊多年後，最終，所想所念的，是我離開的家。

正如我多年前在某次訪談所說的：旅行，是為了找到回家的路。

早知道會發生的一切，我仍會選擇出發，浪跡天涯嗎？還是就此安分守己地，乖乖地待在家呢？旅行有意義嗎？待在家就真的廢嗎？想要了解「To Go or Not to Go」哈姆雷特式的命題，不僅需要蘇格拉底式惱人的窮追猛打，也要有一點點「You Go I Go」頭也不回地奮不顧身。觀光，或許輕而易舉，但旅行，從來就不是件容易的事。

即使路途遙遠艱險，滿布著困厄與苦澀，遺憾與後悔，多年後，再看看自己所走過的戰區、災區、疫區與委曲，我仍然在思索著旅行的意義（或有沒有意義？）這裡沒有刀切斧砍清晰明快的答案，也沒有百轉千回的哲學辯證，我想和你分享的，是旅途中的焦慮、懷疑、猶豫、害怕與逃避，在歷劫平安後，或許，唯一的安慰，是看到自己的房間和出門前一模一樣，如此一來，我們知道，生活不在他方，眼前的一切，就是我們擁有的全世界。

Contents

chapter 01

算命先生告訴我

除了火逆、金逆與水逆，及「父母在，不遠遊」外，

算命先生說，有些人天生就不適合旅行，例如，像我這樣的人。

年少時有段時間，不知道為什麼，特迷命理玄學之說，在網際網路出現於公眾生活之前，所有的先知神童半仙大師，都要透過三姑六婆的口耳相傳，並由熟門熟路的朋友帶路才可能一窺堂奧。我從大家都聽過的子平八字、掌紋測字、面相摸骨、鐵版神數、星座撲克，到有點神秘的鸞筆扶乩、今世前生、薩滿巫毒、黑白魔法……只要命理師願意指點迷津，本人也樂此不疲。光是紫微命理的流派門閥，就有斗數全集、斗數全書、占驗門、中州派與北派的分別，雖然有點複雜，但萬變不離其宗，如果再加上說服力超強的洗腦話術，讓我掏皮夾付功德金就更加心甘情願。

事情發生在香港，一棟充滿霉味、壁癌，裡頭灰撲撲地令人想哭的舊大樓裡，除了門可羅雀的手機行，與燈光昏暗的練歌房外，其他淨是些賣相可疑的神秘店面，穿著大膽的小姊姊，壓低嗓子說：「要來一點嗎？」當時的我既青澀又害羞，小姊姊話還沒講完我就快步閃人，連她要賣什麼都不知道。

換作今天，我一定會過去問她：

「到底是來點什麼啊？」

大師住處在大樓某個「沒人帶打死我也找不到」的秘密所在，一間看起來像是廢棄多年的破落祠堂。傳統命理問事的起手式都差不多，我把出生年月日寫在一張紙上，關於本人確切的出生時辰，在家族中也是眾說紛紜，好像我出生時大家都在旁邊看一樣。實際上，我是在家裡由產婆接生，而且只有母親和產婆兩人迎接我的到來。沒有白紙黑字的出生證明記載出生時間，媽媽的記憶也很模糊，所以我一直不清楚自己究竟是幾點出生。最接近標準答案的，是媽媽所說的：「還沒吃晚餐。」

大師拿了我的生辰，翻開一本快要爛掉的書，用尺和筆在A４白紙上，密密麻麻地寫了一堆，口中唸唸有詞，先是眉頭緊鎖，然後又是嘆氣，又是搖頭，最後，還不忘記「欸」了一聲，害我一顆心懸在半空中七上八下。

「你的父母很有錢？」

「沒～」我很訝異，怎麼一開始樓就歪了。

「可是，命盤顯示你的家境很不錯～」我就知道！早就懷疑自己的身世不單純了，說我是垃圾堆撿回來的一定有事瞞著我。大師繼續堅持己見，不顧眼前這小伙子脆弱的自尊，繼續發掘我也沒聽過的神秘過往——

「大師！怎樣，還可以嗎？」

「年輕人～看你的盤，就知道這幾年過得很辛苦！（還要你說，不然我來這幹嘛？）命宮與身宮，都是殺破狼的格局，代表你這個人膽子大（魯莽），主觀重（固執），率性而為（個性隨便），不安現實（輕浮），喜歡變動改革創新（怕無聊，沒耐性），敢去投機冒險，而且性子很急很衝動，很果斷，一生多變少安（是命很苦嗎？）。如果，有四化星加臨（到這邊差不多已經出神了），就會產生劇烈性的變化，讓吉上加吉，凶上加凶，一生將有意想不到的轉折。」

「那我該在哪裡發展？住在哪邊比較好？」

「你應該東住西住，就是不要住在你出生長大的地方。」

「那事業和錢財呢？」

「你的大運還要再等幾年，」大師指著命盤某個角落，「差不多到三十五歲，你會有十年的大運，到時候做什麼都順水順風。」

最後，大師指著獨坐天虛星的遷移宮，語重心長地說：「你的命格，不利遠行，在外面會碰到很多不好事。」老師用那種「我真的很關心你」的眼神告訴我。

「如果可以，儘量待在家，不要出遠門……還有，」大師神秘地看我一眼。

「港幣二百元，多謝。」

追逐我們的影子

哲學家黑格爾曾經說過：

「歷史，或許可以從幸福的觀點來思考，但歷史不是幸福成長的沃土。充滿幸福的時代，在歷史紀錄上往往都是一片空白。」

人類想預知未來，趨吉避凶，最主要的，還是想要得到幸福。人類「追求幸福」的想法，最早可以溯及三千多年前的古代地中海世界，並受到猶太一神論信仰的形塑，經過漫長的中世紀沉潛之後，又在啟蒙時代重見天日，成為一股激進的新力量，直到二十一世紀的今天，它仍深深地吸引著我們，並讓我們對未來的期望及可能發生的經驗有著根本性的影響，旅行本身的目的，不也是追求幸福的一環嗎？在循規蹈矩的生活中坐困愁城，在錯綜複雜的人際網絡裡動彈不得，在有志難伸的工作上自怨自艾，在行禮如儀的關係中得過且過。即使是最內向、最自閉、最沒想法的人，也會想要有所不同。渴望突破，想要改變，於是我們踏出家門。當然，這些追尋並不是一直充滿平安喜樂，旅行，或是追求幸福的過程也有大家避而不談的陰暗面，充斥著掙扎、幻滅、痛苦與絕望。

因此，維多利亞時期英國著名史學家卡萊爾（Thomas Carlyle）就說：「渴望與追求幸福，就像是在黑夜的森林中，追逐我們的影子。」

如果我將算命先生所有的警告、提醒、禁忌照單全收，我的人生會更加幸福美滿，平安順利嗎？在印度，一位精通阿育吠陀的婆羅門告訴我如果要幸福，這輩子都不要往南方走，但在中印邊界的拉達克，深諳大圓滿密宗的仁波切要我往南前進，言語深奧的瑣羅亞斯德大祭司要求我終身吃素，一名來自威爾斯的德魯依白魔法大師告誡我除了豬肉以外，其他一概不碰，伊拉克卡爾巴拉的伊瑪目則命令這輩子都不可以吃豬肉。住在非洲南部喀拉哈里沙漠的布希曼長者，透過世代相傳的飛鳥骨頭，看見我會在飛行器事故罹難，而定居在格陵蘭阿萬納塔的塔羅大師，則預示我會在船難中身故……把所有的建議都當真，我想我的人生一定會變得更戲劇性，更加複雜，也更加地困難。

不可諱言，命理師真是複雜難懂的一群人，有些人一開口，就知道是騙錢來的，有些則虛實參半，但仍有極少數的一小撮人非常地神奇，他們對人性有極其特殊的洞察力，彷彿我頭上有人生的跑馬字幕，他要做的不過是照本宣科，一五一十地說明我的過去與未來，有人則是擁有肉眼以外的視覺能力，看見我靈魂深處隱而不顯的傷痕，當然，能明白說清過去的命理師，並不代表能精準預測尚未成形的將來。

即便如此，我仍然充滿好奇。真的有人比正常的我們，多一層感知與天賦嗎？能看見我們看不見的東西嗎？

人終究一死，沒有例外，重點是那天來臨之前，你怎麼生活。

「那些殺不死我的，會讓我更脆弱。
我唯一能做的，是向命運學習，與脆弱同行，讓自己更加強大。」

那天到來的時候

《星空吟遊》出版後，朋友們才知道我曾在蘇・湯普金（Sue Tompkins）門下學過一陣子占星與塔羅。關於如何與塔羅相遇的故事，在〈星空下的命盤・榮格〉中我有約略提過，但這件事其實是有後續的。

離開印度孟買的朱胡海灘數年後，我在朋友的慫恿與挾持下，不是很甘願地前往倫敦市中心，位於尤斯頓廣場花園（Euston Square Gardens）附近的神秘寓所。在中亞大草原尋找薩滿，還可以推說是冒險，探索生命意義柳暗花明的追尋，但在網路上預約，然後坐地鐵找命理師又是另一回事，感覺上自己有點笨，好像太好騙了。尤其是進到室內後，見到滿屋子的哥德風女巫、龐克造型的見習巫師、西裝筆挺的上班族，以及街友裝扮，頂著狂野造型的白髮阿姨，當下我就想掉頭逃離這裡。幾番天人交戰後，我在櫃台將錢交給一位滿臉麻斑，長相神似長襪皮皮的大女孩，然後等待叫號。

進到小房間後，命理師交給我一副有點歷史的塔羅牌，要我洗三次牌，將它分成五落，然後取出每一落牌的第三張。命理師將牌搭成某種陣形，依次開牌，然後講述他看見的未來。

「一年後，你的人生會邁入新階段，在混沌中摸索的日子即將結束，你會以服務的姿態回歸人群。你開始接受生命的黑暗，並把這股黑暗轉化成強大動能，過去的不安將帶給你成功，不用懷疑，你的名字以後會受到重視。」

我發現他不談過去，這和其他的命理師很不一樣。

「你想做的事情很多，但自信心不足，總是懷疑自己有沒有這個能耐。牌面告訴我，只要你願意，幾乎做什麼都會成功。持續投入你的熱愛，一定會被人看見。」他指著桌上幾張牌，「唯獨要注意，是你的心臟，一旦投入事業，你會樂此不疲，透支你的生命。多睡覺，讓你的靈魂充滿能量。」

我又問了幾件事，請他把看見的事，無論好壞，都告訴我。

「當你站上山頂時，會比過去任何一刻都來得孤獨。沒有人有你的經歷，很少人看過你的世界，雖然不覺得自己樹大，但肯定會招風……」他伸手從左側拿出新約聖經，翻到馬太福音第十章第一節，他說：「那天來的時候，你知道該怎麼辦。」

「上次在曼谷，有人告訴我今年我會死，這應該擔心嗎？」

「我看不見任何的結束，包括死亡。」命理師凝視我的雙眼，「對很多人來說，即使活著，也像是死了一樣，什麼是生？什麼又是死？這是個值得好好思索的問題。人終究一死，沒有例外，重點是那天來臨之前，你怎麼生活。你會一直旅行，但不好的事也會如影隨形……你會生病、遺失重要的東西、行程會出乎意料地延誤、遇到不友善的動物，和充滿惡意的人交手，總是與死亡擦身而過，不過最後，你終將以倖存者的姿態活下來，分享你的故事。」

我瞟一下時間，還有一分多鐘，我決定提出最後的疑問：

「你相信你在牌裡看到的一切嗎？」

「如果照單全收，」他態度誠懇地回答我的質疑：「那麼人就不需要為自己的行為負責。」

「我在牌面上看見的，是真實的影子，光從左邊來，影子就會出現在右側。不同的角度，它的投影也會不一樣，我的工作，是讓人透過影子，了解自己的位置與角度，釐清自己的方向，我始終相信，人可以改變自己。」

限時二十分鐘的鬧鈴此時響起，我站起來和命理師握手再見時，他說：「那些殺不死你的，會讓你更脆弱。但是，你要向命運學習，與脆弱同行，讓自己更加強大。」

雖然和尼采說的不太一樣，但我願意相信他的建議。的確，我自己也有感覺到內心那塊需要修正，過於敏感的脆弱，它連接到自信、自尊，決定我怎麼看待自己。這段經驗，與其說是命理占卜，其實更像是心理諮商，但花這筆錢做這件事，讓我覺得很值。他的陳述及語氣自有一股獨特魅力，即使有一層薄薄的語言隔閡，不知道為什麼，這段話像箭一樣穿透我，牢牢地釘在心裡。

走出房間時，我瞄了一下門上名牌——法蘭克·克里福德（Frank Clifford）。

從那天開始，我利用各種管道去了解塔羅、榮格心理學與比較文化研究。更有趣的是，法蘭克所預見的道路，與我後來的人生發展不謀而合。

還真的是，有點神奇。

與脆弱同行

透過大數法則我們了解到，幸福不會無緣無故地從天而降。無論是待在家還是走出門，那都只是生活的手段而已。古希臘劇作家歐里庇得斯在《米蒂亞》中，斷言：「沒有人是幸福的。」在索福克勒斯的《菲羅克忒忒斯》（Philoctetes）劇中，更以合唱形式哀嘆：

> 「凡人注定要陷入無盡循環的傷悲！
> 與無可計量的憂愁裡。」

對於古希臘人來說，人出生時「命運」（Destiny）就已經設定好了，而微小的人類只是朝著終點（Destination）前進，無論如何掙扎，都無法擺脫「宿命」（Fate），就好像丟出一顆骰子，雖然它還沒落地，但以宿命論觀點，點數早就注定好了。如果要改變命運，得到救贖，那就需要現實生活中不可能發生的神蹟來干預。就以《菲羅克忒忒斯》為例子好了，也是在最後一刻，海克力斯（Heracles）才把菲羅克忒忒斯從苦難中解救出來。這種手法稱之為「機械降神」（Theos Ek Mēchanēs），在古代劇場中，他們會用升降機關將扮成神的演員降到舞台上，藉此干預，或引導事件的發生。用更明白的比喻，那就是在動彈不得的十字路口，突然出現指揮交通的警察先生，你往這裡去，你先不要動，你在這裡掉頭。這種「神聖干預」的戲劇手法其實有點粗暴，很多人都這麼批評過。但因為機械降神更突出了一點，那就是在古典戲劇中，幸福只能說是一種奇蹟，除了神明的介入外，人類幾乎沒辦法靠自己的方式完成。

其中，我認為比悲傷更悲傷的故事，非《伊底帕斯王》莫屬，這個讓佛洛伊德著迷不已，天地同泣的人倫悲劇，講述一個剛出生就被預言會「殺害爸爸，娶自己媽媽」的王室繼承人，經歷被遺棄、成長、重返家園，最後陰錯陽差，以非正常方式取回王位的故事。其中，伊底帕斯解決斯芬克斯的謎語：「天上飛的，水裡游的，地上走的生物中，什麼是只有一種說話方式，一種聲音，早上有四隻腳，中午有兩隻腳，晚上有三隻腳呢？」這道謎題讓很多人枉死，但卻難不倒伊底帕斯，因為他的名字希臘文是Oidipous，其中Dipous就是「兩隻腳」的意思。伊底帕斯解答之後，羞愧的人面獅身將自己撕成兩半，摔下座位而死。

但這故事有什麼意義嗎？透過旅行，年輕的伊底帕斯發現自己的能耐，也意識到屬於自己的責任使命，不過形勢向來比人更強。當悲劇的真相揭露時，身敗名裂的伊底帕斯，刺瞎雙眼，心理的無明進一步墮入生理的黑暗，失明的國王被自己的兒子欺負，關在不見天日的小房間，每天吃汙穢的殘羹剩餚。受盡屈辱的伊底帕斯，在離開底比斯前，詛咒自己的兒子，最終死在彼此的手上。兄弟倆之後的結局確實應驗國王的詛咒，在手足相殘的戰場上，兩兄弟各自用武器殺了對方，這支傳承自受諸神眷顧的幸運男人，與法力強大女神青睞的血脈，就此斷絕，底比斯的傳奇就此結束。

但伊底帕斯的旅途卻還沒結束，四處飄泊的瞎眼國王，身旁只有女兒安蒂岡妮陪著他，最後，他們來到一座名為科羅諾斯的小城，這座以時間之神命名的小地方，其實也是復仇女神愛瑞絲（Erinyes）神殿的所在地。就是她的金蘋果掀起了希臘與特洛伊之間的戰爭。根據德爾菲神諭，唯有得到復仇女神的寬宥，才能洗清伊底帕斯可怕的罪孽。新來乍到、衣衫襤褸、雙眼失明的伊底帕斯，嚴重引起當地民眾的不滿，骯髒的外邦人怎麼可以坐在聖潔的大殿前呢？他的舉動最後引起雅典國王忒修斯（Theseus）的注意。這位曾經擊敗牛頭人身怪物的戰爭英雄，聽過伊底帕斯的功績與罪懺，也敬重這位嘗盡人間冷暖、流離失所的異鄉人。忒修斯特別讓伊底帕斯和安蒂岡妮住在雅典，並讓他們衣食無憂。瞎眼國王為了回報忒修斯的善心，祝福雅典穩定平安，並在日後所有的戰爭師出必勝。

終其一生，我們都要和自己生命的陷落奮戰。

就這樣，這位不斷被命運捉弄、不斷流浪、總在尋找自我的悲劇之人，即使人生走到了盡頭，結局依舊是飄泊。雅典國王的熱誠款待，讓伊底帕斯和安蒂岡妮不再居無定所，但實際上，他們依舊是沒有歸屬的，沒有自己地方的異鄉人。伊底帕斯知道眼前的歲月靜好也只是空中樓閣，萬一哪天雅典人心意改變了，難保這對父女會不會再度流浪。因此，伊底帕斯決定隱姓埋名，打算在安寧與寂靜中度過餘生。最終，他消失在這片土地上，雅典人為他立紀念碑，感謝這位賜福給城邦的外地人，只有忒修斯和他的繼承人，知道伊底帕斯的墳墓坐落何處，並下令他們世世代代守護這個讓雅典興盛的秘密。

伊底帕斯的故事，點出兩個永恆的主題：終其一生，我們都要和自己生命的陷落奮戰；還有，人類對抗命運，追求幸福的決心。我們可以幸福，我們應該要幸福，我們一定會幸福，我們為什麼不幸福，我們有幸福的權利。這似乎已經是現代人深信不疑的事實，「美國心理學之父」威廉．詹姆斯（William James）認為：

「我們的所作所為，以及對逆境的忍耐，背後的秘密，其實都是為了等待幸福、獲取幸福、保有幸福、找回幸福。」

無論從外在或內在探討，旅行都是我們理解世界、追求幸福的重要形式。七次遠渡重洋的辛巴達，透過帶回來的財富，打造他晚年令人稱羨的生活。西出陽關，橫越塔克拉馬干死亡之海的玄奘，相信從印度帶回來的真理，可以讓世人走向證悟涅槃，脫離輪迴之苦。即使是不愛出門的小說家普魯斯特或藝術家莫蘭迪，透過文字、色彩與精神的移動，他們也走到時間與意識的邊境。「旅行」（Travel）這個字，本身就意味著「選擇、折磨、辛勞工作與朝聖」的多重涵義，誰說出門才能找到自我？又是誰說待在家不能得到幸福？只要不斷地移動，無論是肉體還是精神，都算是旅行，都算是每個人探索自己存在意義的一部分。

因為對生活抱著無可救藥的樂觀，因為對未來仍存著不切實際的浪漫幻想，因為誤以為外面的世界有許多我還不知道、尚未理解的新東西，因為無法滿足我那該死的好奇心，即使繳了不少學費，但我仍然不顧算命先生的勸阻，決定走出家門。

直到今天，我仍相信法蘭克．克里福德所說：

「那些殺不死我的，會讓我更脆弱。我唯一能做的，是向命運學習，與脆弱同行，讓自己更加強大。」

chapter 02

別想擺脫書

旅遊書是無聊人寫給無聊人看的東西，直到我開始寫作……

時間回到七百多年前的北英格蘭，諾丁罕郡內一座小村莊。傳說某天，沒有人喜歡，也不喜歡任何人的約翰王（John, King of England），想取道經過小村，在附近興建皇室的打獵小屋。根據當時的法律規定，只要是國王使用的路徑，都必須拓寬，變成皇室所有的公共道路。但鄉民們不想要這條公共道路，更不想國王經過，於是在探戡偵察的隊伍前，鄉民們故意裝笨，做些荒謬的事：想把鰻魚淹死在水裡……讓起司從山坡上滾下來，看看會不會自己滾到諾丁罕的市集去……有人把手推車吊在穀倉前遮陽……騎士們看見村民既無厘頭又愚蠢的舉動後，趕緊回報國王：「這村子的人都瘋了！」國王因而打消主意，趕緊將小屋蓋在別處，村民樂得開心，日子再度回歸寧靜。

順道一提，這座小村名字叫做「高譚」（Gotham），在古英文的意思是「羊的家」（Goat home）。

一八〇七年十一月十一日，美國文學家華盛頓・歐文（Washington Irving）在諷刺期刊《大雜燴》（Salmagundi）上，首度將紐約稱之為高譚市。眾所皆知的DC漫畫《蝙蝠俠》，就把故事舞台設定在萬惡的高譚市，不過，漫畫裡的高譚市和紐約市是不同的城市，唯一相似的，是它們都位於美國東岸。高譚市，這座在現實世界中不太有人知道，但在文學虛擬世界占有一席之地的黑暗之都，現在來到我的面前。

「歡迎來到高譚市……」切爾西旅館（Hotel Chelsea）的櫃檯先生在我辦完入住手續後，對我說的第一話：「你會喜歡這裡的。」

如果說要選擇一個場所作為二十世紀美國文化代表的話，那一定就是切爾西旅館。從一八八五年開幕至今，依舊風生水起地營業著。若要細數曾經入住過的名人，以及在此發生過的點點滴滴，那可是十本書也講不完的故事。馬克・吐溫算是第一位名人住客，最近一位大家比較認識的應該是演員伊森・霍克（Ethan Hawke），他在這裡完成不少舞台劇腳本。藝術家芙烈達・卡蘿（Frida Kahlo）和她的先生迪耶哥・里維拉（Diego Rivera）也住過一段時間，她還以窗外景色為靈感畫下了《My Dress Hangs There》。詩人狄蘭・湯瑪斯（Dylan Thomas）死在二〇六號房，而龐克搖滾教母派蒂・史密斯（Patti Smith）與情人羅伯特・梅普爾索普（Robert Mapplethorpe）則住在一〇一七號很久。阿瑟・克拉克的《２００１太空漫遊》、巴布・迪倫的〈Blonde on Blonde〉，李歐納・柯恩的〈Chelsea Hotel #2〉是在此地完成。普普教父安迪・沃荷就拍過一部紀錄片《切爾西女孩》（Chelsea Girls,

1966），就講他的「工廠」常客，以及他們住在切爾西旅館時的生活片段。

當然，一定要提到瑪丹娜於八〇年代時，在切爾西旅館八二二號房內拍攝一系列驚世駭俗（或是傷風敗俗？）的情色寫真。奇妙的是，大家看到裸體的瑪丹娜在飯店走來走去時，也不覺得有什麼，他們或許都會這麼想：

「哦～因為這裡是切爾西！」或「哦～因為這裡是高譚市！」

關於這間旅館的種種，「人們在這裡生活，在這裡閱讀，在這裡感受著孤獨。」藝術家愛德華．霍普（Edward Hopper）所下的註腳，我認為是最精準，也最傳神的觀察。有些人相信《Hotel Window》畫的就是切爾西旅館，關於這點，霍普總是不置可否地回答：「我將所看見的一切加以改造，畫作所呈現的，並不是真實的模樣……我想描繪的，是『寂寞』……但實際上畫面比『寂寞』，更加寂寞。」

一百三十多年的光陰，上百位出色，甚至可定位為偉大的創作者、藝術家，和切爾西的過往錯節盤根地糾纏一起，與其說切爾西是旅店，對我來說它更像書店，散落著各式各樣回憶的殘章斷簡。或是隨處可見人來人往的生活碎片，收藏

「時間」的博物館。

無論是想了解沉默無語的陳年往事，或只是聽懂櫃台、門房、餐廳侍者意味深長的謎語雙關，旅人真正所需要的，是我們每個人完整的生命經驗，對藝術的感受，與文化的共鳴……那可不是一、兩本旅遊書就辦得到的事。

實際上，沒有任何一本旅遊書能完成這項艱鉅的任務。

我在世界各地旅行的時間，前後加起來也超過四分之一世紀，弔詭的是，至少到今天為止，我都沒有想過要寫一本「旅遊書」。

這樣講或許有點不禮貌，但早期的旅遊書其實挺無聊的，內容編排大同小異：哪裡好吃？哪裡好玩？什麼事不能錯過？又有什麼地方死前非去不可？千篇一律的自說自話，充滿了沾沾自喜的任性。

其中有兩類旅遊書，最讓人無力疲憊，一是地毯式轟炸的資訊大雜燴：紐約就是自由女神、第五大道與百老匯，北京有非去不可的紫禁城與天壇，巴黎則是羅浮宮、艾菲爾鐵塔與聖母院，然後再塞入資治通鑑紀事本末式的註腳、解釋、備忘，還有一堆看似貼心實則無用的資訊，整本書給人的感覺像花色斑斕的波斯地毯，花稍華麗，給讀者虛幻的安全感。在「資本主義高度洗練化」（村上春樹是這麼說）的二十一世紀觀光產業，大部分遊客出門看的東西都差不多，吃的料理也大致相同，但連一字排開，相同目的地的旅遊書也都像同一塊模印出來。老實說，網路上查得到的東西，為什麼我們要花錢去買？

第二類令人不知所措的旅遊書，則是作者自戀情結大爆發的獨角戲，在這類的書寫中，所有的故事都只是註腳，所有的危險也只是點綴，唯一的目的，是為了突顯作者的無所不知（Omniscient）、無所不在（Omnipresent）與無所不能（Omnipotent），在古典文學的定義中，如此超越性的存在，也只有上帝而已。這類書寫中，沒有懷疑、沒有恐懼、沒有焦慮、沒有慌張著急……我們看不見人性欲望，只有飽滿破表的自信樂觀。

就個人觀點來說，書寫旅行本身就是旅行，一種嘗試，一種探索，不會有斬釘截鐵的定論，也不該製造「聽我的就對了」的權威錯覺。旅行書寫要更真誠、更主觀才行，在文體上，真誠又能自圓其說的敘事模式只有一種，那就是「自傳」，但遊記不是自傳，也不應該是，這也就是為什麼我覺得出色的旅行文學，其實是很難寫的。

我在切爾西所體驗到的震撼、衝擊與感動，是經由數以百計的書籍、報章雜誌、電影、音樂，還有投入時間所構成。單就這個層面來說，又有哪本旅遊書辦得到呢？

湖畔的對談

一九九七年，話題電影《失樂園》上映，「背德」與「不倫」正式進入我們的語境詞彙中，除了引起社會熱議的大膽性愛場面外，電影拍攝場景也意外成為旅遊勝地，故事中曾經出現湘南海岸與江之島、日光的華嚴瀑布與中禪寺湖、落櫻繽紛的修善寺，以及半夏幽靜的輕井澤，讓許多熱情澎湃、春情蕩漾的男男女女心動不已，恨不得馬上搭上飛機，直奔無人之境，來一趟失樂園之旅。

電影在台灣大賣後，腦筋動得快的旅遊業者，立馬推出「真心純愛．鎌倉、日光、輕井澤失樂園浪漫五日遊」，帶你遊遍各大浪漫場景，讓兩人的親密度破歷史新高。說實在的，團體行程一開始賣得非常好，報名十分踴躍，爆團速度之快，讓很多領隊導遊應接不暇。當時我也被指派，擔任其中一團的領隊，帶著年紀不一的紅男綠女，進入渡邊淳一的世界。

現在我請你想像一下，姑且不論價格，如此的團體旅遊如何？別的我不說，但對我這樣的書呆子，能一一走訪文學景點，實在是太棒了。

在描寫七里濱（七里ヶ浜）的段落，作家是如此鋪陳的：

「把窗簾全打開後，久木回到凜子旁邊躺下。

夏季剛過，熱氣蒸騰的水氣瀰漫在空氣之中，落日吸納了霧靄，越發顯得碩大無比。然而，當太陽的底邊剛一落到丘陵上，便迅速地萎縮，變成了凝固的絳紅血團。

『這麼美的夕陽，我還是頭一次見到。』

當夕陽殘留下的火紅，消逝在丘陵上後，天空迫不及待地變成紫色，黑暗則環抱在深紫的外圍。一旦沒有了陽光，黑夜便迅速降臨，剛才還金光輝映的大海，瞬間變得一片黝黑，只有遠方江之島的輪廓，與海岸上點點光亮一起清晰地顯現了出來。」

渡邊淳一的文字，有溫度，有色彩，有壓抑的熱情，有欲言又止的念想，還有呼之欲出的不安，潛藏其中，但是……

「蛤！就這樣，沒了？」團體裡一位大姊大聲驚呼。

我們坐在七里濱咖啡座，眺望紫羅蘭色的大海，與香草色的天空。髮型奔放不羈的大姊大率先發難：「我們跑那麼遠為了看這個？我以為有別的咧！」

其他團員則向我投以「做這份工作真可憐！」的同情視線。

其實，我能了解你的不了解。

另一段文字，來自於故事的後半部：

「下午抵達後，天光依舊明亮，兩人直接去遊覽了從中輕井澤經過白絲瀑布，到鬼押出一帶的高原秋色。

和七月的梅雨天來這裡時截然不同。秋高氣清，晴空萬里，隱約可見遠方噴著煙霧的淺間山。

半山裡已是紅葉點染，山腳下遍野的秋芒閃著金黃色的光。

久木和凜子都沉默不語，並不是心情不好，他們想要把金秋時節的自然美景，深深地烙印在眼底心中。

隨著太陽西斜，由山腳下開始逐漸變暗，卻讓淺間山的輪廓更加鮮明，轉眼間，就只剩下了峰頂白雲上湧動的亮光。

他們匆匆下了山。不可思議的是，在嚮往生的時候，容易陶醉於寂寥的秋色；而在準備赴死的現在，卻急於逃離這樣的風景。」

初秋時分，高原的空氣如太古新生般純淨清新，天空藍得不可思議，彷彿伸手就能觸摸到永恆，我們走在怪石嶙峋的鬼押出園，聊著《失樂園》小說的情節。

「風景很美，」團體中另一位大哥對我說：「但我不明白為什麼他們看過這麼漂亮的風景後，結果決定去死？」

「是嘛～是嘛！」打扮入時，打算穿香奈兒高跟鞋爬山的姊姊也說：「人家不是說看過遼闊的風景後，心胸會打開，心情變好，應該不會想死才對吧？」

你一言，她一句，團員們就《失樂園》中男女主角的決定開始表達自己的意見。

「如果和另一半不合，離一離就算了，幹嘛要死？」

「他們這樣就死了！一點責任感也沒有。」

「我不喜歡這本小說，電影也很難看……」在鎌倉抱怨過湘南的晚照後，終於說出內心話的大姊：「我來只是因為風景好像很漂亮，還有東西很好買……我們什麼時候回東京啊？」

文學、音樂、電影，與其他種種的藝術感受，本來就是主觀、私密的個人經驗。沒有標準答案，也沒有正確答案，各執一詞、莫衷一是才是藝術評論的真實樣貌。所有人贊成叫好，鼓掌通過，只存在於極權專制的黨書記選舉，藝術的世界中不應該有一言堂式的自以為是。

話說回來，假設團員們對《失樂園》或渡邊文學有更多的認識，那他們的旅行，會不會有更多的收穫呢？

不拖泥帶水，也不支吾模糊，向來堅持正面描寫男女情愛的渡邊淳一，就某些觀點來看，也算是某種純情派。當然，純情有很多種，渡邊淳一曾多次感慨：「現代年輕人受到太多社會規範的約束，以致不能突破常識，發現未知的自己。」聽說渡邊對於愛情總是全心全意地投入，而每次戀愛都是常識的突圍，他甚至說：「如果能真心愛過，即使犯了錯，也都能得到對方的原諒」這類讓衛道人士聽來刺耳的話語。從《化身》、《失樂園》到《愛的流刑地》，渡邊的寫作都著重在情愛與社會制度之間的矛盾，他堅信「愛」是一切的原點，也是最後的歸宿，但假使兩人在步入婚姻後，愛情卻也入土為安時，我們究竟要如何面對愛、重拾愛、留住愛，或放生愛呢？

年少時不懂事，總把渡邊的小說當作情色文學來對待，大膽的性愛場面，背德的不倫畸戀，對於尚未在情海浮沉的我來說，其實都太過遙遠。不過，當我跨過人生某道門檻後，歷練識見不一樣了，對於渡邊小說裡的愛與死，則有了不一樣的領悟。多年後，我再次翻閱他的小說，胸中總有一團摸不著、化不開、除不盡，也說不上是什麼的稠滯淤塞，壓在心頭，久久無法散去。唯有走過相等歲月的威士忌，灼傷喉頭的痛，才能稍稍轉移那股無可名之的憂鬱。

如果，當我們懷抱著與小說中男女相似的心情，再次走入故事裡的春花秋葉，對於節分景致的感受，會不會有所不同呢？

在整趟「失樂園浪漫之旅」中，我對其中一對四十多歲的男女印象特別深刻。他們對於駐足的每個片刻，停留的每個名勝，都給我一種「如果時間可以在這一瞬停住，直到永遠」的莫名感動。這對伴侶和其他團體成員，一直保持著親切、友善、禮貌但疏遠的距離，如果非得和團體一起行動，例如搭交通工具或同桌用餐時，也都是面帶微笑，安安靜靜地隱身在鼎沸人聲之中。更特別的是，他們自始至終，都沒有拍過一張照片，也沒買過任何東西，他們的旅行，唯一會帶走的，似乎只有兩人出遊的回憶，以及旅途中頻頻交換，但無人知曉的竊竊私語。

只有一回，那是團員們自由活動時間的小小空檔，我坐在中禪寺湖畔的喫茶店，享受片刻的風和日麗。唯一沒有到商店街去瞎拚、和我一同欣賞湖上跳動秋光的，就是他們兩人。

「你知道太宰治嗎？」我很意外，竟然話題不是渡邊淳一。

「知道，讀過他的《女生徒》、《斜陽》，」我想了一下，「還有《人間失格》。」

「那你覺得太宰治是個什麼樣的人？」

「什麼樣的人哦～」當時年少無知的我，對太宰治的印象僅停留在三本小說，「不知道吔！老實說，他的書讓我有種不舒服的感覺～自我中心，把『我』看得很重，卻又太在意別人的想法，所以處處遷就，為難自己，沒什麼大氣魄，總之……」我又想了一下，「寫出這樣文字的作家，本人應該很難相處吧？」

「那你知道太宰治在寫完《人間失格》後，發生了什麼事嗎？」

「好像就投水自殺了。」我依稀記得，正值三十九歲壯年的太宰治，和一個不是那麼愛的女人殉情，這到底是為什麼呢？我突然意識到，這趟設定為浪漫激情的失樂園之旅，不知道從何時開始，轉變成探訪畸戀與殉情聖地的不倫旅行。

「膽小鬼連幸福都會害怕……碰到棉花都會受傷，有時也會被幸福所傷。」我偶爾還是會想起這段出自《人間失格》的文字。不同於渡邊淳一全心全意浸信的肉體歡愛，太宰治的真誠表現在另一方面——暗黑、軟弱、消沉、鬱悶，得意時跋扈囂張，跌跤時也毫不客氣放聲大哭，會虛張聲勢，也會耍小心機使壞，他筆下那些「不真心、不開朗、沒氣概」的人物，其實都是在日常生活中虛情假意、強顏歡笑、故作鎮定的「我們」。讀完太宰治的文字，老是覺得自己有種被冒犯的不痛快，但這就是太宰治，要我們赤條條地去面對，自己脆弱的內心。

「太宰治在《人間失格》寫著，」大哥啜了咖啡後，慢條斯理地說道：「『我急切地盼望著，可以經歷一場放縱的快樂，縱使巨大的悲哀將接踵而至，也在所不惜』……但放縱之後，真的就能找到幸福嗎？」

殉情，簡單地來說就是為愛而死。自古以來，日本人對於男女之愛就相當寬容，讀過《伊勢物語》的朋友就知道：青梅竹馬的純愛、公子與下女的階級之戀、兄妹間不可道破的禁忌之愛、愛上朋友妹妹的無名之愛、有夫之婦與有婦之夫的多角畸戀，見不了光的情夫與情婦們、遠距離、單相思，以及超越年齡與階級的「格差戀」……十人十色，應有盡有，說《伊勢物語》是本「情書」，應該不會有人反對。但「為了在天上／地下結合，兩人相約赴死」的殉情，並不在《伊勢物語》的守備區，至少在平安時代還沒浮出水面。也許是古人比較務實，認為在地下的結合毫無意義。活著，在現世結合，並且一起努力地活下去，愛才有意義。

如果活著才有價值，那為愛而死的「心中」（しんじゅう），有特別意義嗎？太宰治與渡邊淳一的《失樂園》、《愛的流刑地》裡的殉情，又是為了什麼呢？當年在中禪寺湖畔的對談，沒有人有答案，多年後，在字裡行間的回憶也不會有正解。

「如果可以，死在這裡好像也不錯。」大哥若有所思地將視線投向湖水，「這或許是最好的歸宿。」

某種奇妙的不安，在空氣中微微震動。

故事的另一章

「旅遊書的價值，應該由日後所發生的事件來證實。」這段擲地有聲的文字，來自於我個人最敬仰的作家保羅．索魯。旅遊書不該僅是個人的遊歷犯險，它也該向讀者展現意料之外的觀點。奈波爾《在信徒的國度：伊斯蘭世界之旅》（Among the Believers: An Islamic Journey）與《信仰之外：重返非阿拉伯伊斯蘭世界》（Beyond Belief: Islamic Excursions Among the Converted Peoples）對穆斯林社群的尖銳剖析，遠藤周作的《沉默》裡關於日本基督徒在島原之亂後被迫害的描述，或是艾瑪．拉金《在緬甸尋找喬治歐威爾》（Finding George Orwell in Burma）所記述的軍政府統治，都預示了該國的未來：虛無主義與伊斯蘭國的興起、信仰斷裂後的無緣社會，以及軍政府的威權復辟。

正因為所有現在發生的事實都有預示性，與其說旅遊書寫是向讀者陳述「在旅途上會遇見什麼？」它更應該向我們預示某種「未來的可能性」，如果作者能將所觀察到的人事物精準地描繪下來，賦予生命，那無論書寫的內容調性如何，它應該能具有穿越時間的價值。

很多年後，我意外地和失樂園旅行團的大哥相遇，地點是中台灣的連鎖咖啡店，不意外地，我們聊起那趟日本之旅。

「你知道嗎？原本……」頭髮已經斑白的大哥率先發言，「在那趟旅程中間，我和她有認真想過，離婚，或更激烈的方式……」

當年，他們分別在不同的教育單位服務，並擁有各自的家庭。某次研討會，命運將兩人綑綁在一起，幸與不幸，他們都陷落在不倫的歡愉與苦痛中，天人交戰。

她想要他，因為他是日漸乾涸的情感荒漠中，一窪解渴的水塘。

他想要她，因為她融合了情人與母親的形象，黑夜中一抹虛幻的螢光。

結果，帶來了無比的傷害。

「最後，分手了？」

「很遺憾，是的。」

「很傷嗎？」

「有些撕裂，好像不會癒合。」

是懺悔，也是追憶，珍奈・溫特森（Jeanette Winterson）在小說中寫道：「愛情像北大西洋漂浮的冰山一樣，總是無預期地，狠狠地闖進我們平淡如鏡的生活之中，即使我們的心打造得如鐵達尼一樣，終究，注定沉沒。」情感的世界中，總有太多不為外人所悉的心事，不知道為什麼？他們決定，或是想要，在旅行中找尋最後的歸宿。

聽到這裡，心都涼了，但也應證了我當時的不安……

「其實，你有猜到，對不對。」我點了點頭，大哥笑著對我說，「畢竟我們當時真的很奇怪。」

「不過，事情永遠和我們想的不一樣，你記得團體裡那個每天吵著要買東西的大嬸嗎？我們後來沒有作錯誤的決定，和她有很大的關係。」

「怎麼說？」

「她每天都在嚷嚷這裡不好玩，那邊很醜，行程很無聊……聽她喊著喊著，我們就想……如果就在這裡結束，不是很蠢嗎？」

旅程結束後，他們如何承擔？如何面對？我無從得知，但對我來說，似乎也不那麼重要了。那要說些什麼呢？無論渡邊淳一也好，太宰治也罷，我們曾經讀過的故事，會在某個時間點上出現，與我們相遇，並且暗示我們生活正面臨轉變，它盡可能地自圓其說，也傾力說服你。那些尚未決定的、可惜的、可能的……數百萬種分歧，也許只能穿越某個或許不存在，也永遠找不到的蟲洞，才能抵達故事的另一章。

「如果真的有，我不會回來。」在離開之前，他是這麼說的。

我們永遠無法透過肉身穿越時空，去實現或印證所有的未完成與遺憾，但我可以藉由文字，將自己傳送至未曾抵達的所在，或無法實現的未來。

對我而言，那些字裡行間的人情世故，才是我旅途中唯一關注的現實。就這層意義上，所有的書都算是旅遊書，隨著書中故事的開展，世界也向我們呈現它被摺疊、無人知曉的面貌。

所有的旅程，都是由真實與虛構的路線構成，它帶著我們橫渡現實與想像的領土。到頭來，所有的旅行，都擺脫不了書的先驗與局限。

chapter 03

失去名字的男人

行李箱遺失、掉手機、掉信用卡，掉東西這件事，

永遠想不到接下來會發生什麼……

金融海嘯前三個月的某天晚上，我舉著寫著「Ryan Hsieh / Hsieh Che Ching」的A4紙牌，站在布加勒斯特首都國際機場的入境大廳，等待來自維也納的消息，看著入境旅客越來越少，心中的不安隨之水漲船高。

也許，是我隱藏不了的忐忑，引起了機場保安的關心。

「這是例行檢查，」一位看起來像修煉千年有了人形，最後卻為五斗米折腰，而在機場找到安全顧問的熊大叔，面無表情地說：「請出示你的證件。」

我心想……現在不要！不要現在吧！

「請再稍等幾分鐘，待會就給你看我的證件。」

「請出示你的證件。」熊大叔的右手按向後側袋，看樣子是準備要抽出警棍了。

「真的不好意思，可以給我幾分鐘嗎？」我指向海關入境的大門，「待會從裡面出來的人，可以證明我的身分。」

永遠回不了家

在日常生活中，我們不太會想到要證明「我是誰？」這裡所指的，不是那種蘇格拉底式「我從哪裡來？為什麼活著？最後要去哪裡？」的自我探問，而是更實際、更直接的「要如何證明，你就是你說的那個人？」除了姓名在本國母語的正確寫法外，最好附帶萬國通用的拼寫方式，這份文件有體制賦予個人的數字編號，承認持有人具有某國的公民身分，這份文件是「我」獨一無二的官方證明文件。在德國，它被稱為Personalausweis，阿富汗則是Tazkira，馬來西亞是MyKad，在國內則是「國民身分證」。當然，踏出國門，則是全世界大部分國家都承認的護照。

關於護照，最早被記載於猶太教正典《塔納赫》，波斯阿契美尼德王朝統治者阿爾塔薛西斯一世（Artaxerxes I）的一位官員，請求允許他前往猶大王國。國王准予休假，並給他一封「寫給河邊州長」的信，要求旅途所經之地要讓波斯的官員安全進出，這算是某種意義上的護照。

差不多晚個一百年左右，古印度孔雀王朝的《政事論》（Arthashastra）中，也提到一種稱之為 Mudrādhyakṣa 的密封文件，持有人可以自由出入帝國境內的大城小鎮。

在中世紀的伊斯蘭帝國，只有繳納天課（Zakat）的穆斯林，或繳交人頭稅（吉扎耶，Jizya）的「被保護民」（齊米，dhimmi），會收到一種稱之為「巴拉」（bara'a）的完稅收據。持有它，才被允許前往哈里發統治領內不同地區。上面寫著人種、眼珠顏色及姓名的「巴拉」，也具有護照的基本功能。

詞源學研究告訴我們，當今所謂的「Passport」，來自歐洲中世紀證明持有人姓名、出生地、職業與所屬公會，在持有人通過各城邦大門（Porte）時所需要的書面文件，奇怪的是，在各國港口之間的旅行不需要任何的文件，只有在內陸旅行時才派得上用場。

實質上，具有現代意義的護照，是由英格蘭國王亨利五世所發明，用來協助他的臣民在國外證明自己的身分。在《一四一四年議會法》（Safe Conducts Act 1414）中，直接指定發放旅行證件，是樞密院的工作，也在此時使用「Passport」一詞。一五四八年，奧格斯堡帝國議會也開始要求一般民眾，必須持有「帝國通行證件」（Reisepass），未持有文件私自出國，可能會背上永久流放的重罰。

「永遠回不了家」這正是現在的我，最害怕的事。

奇怪的夢

回到一週前，我踏上計畫已久的羅馬尼亞之行，歷經強人希奧塞古的鐵腕統治與民主轉型的劇烈痛楚後，不知道是季節，還是我的心理因素，總覺得整個國家散發出某種昏昏欲睡的疲憊，欲言又止的世故倦怠。

按照事前規劃，我穿越滿是古老山毛櫸的喀爾巴阡山脈，拜訪北摩爾達維亞的色彩斑斕的彩繪教堂群，參觀外凡尼西亞的武裝教堂，抵達到處都是眼窗，很有「老大哥正在看著你」之感的西比悠，以及古老的布拉索夫。到處是碉樓、城堡與武裝教會的羅馬尼亞，隱隱透露出對外界不信任的焦慮。一如「印度人很不誠實」或「墨西哥治安很亂」之類的刻板印象，我把這種拒人於千里的與世隔絕，看作是對旅人的邀請與挑戰。不管怎麼說，第一週旅行經驗相當美好，幾乎可說是完美，沒什麼好挑剔的。

但就在回到布加勒斯特的那天晚上，我夢見自己以翻江倒海的方式，將行李全掏了出來，然後瘋狂地在找什麼東西。

「這是什麼奇怪的夢啊！」然後不安的我，開始重複剛剛在夢裡做過的事。差不多天快亮的時候，有一件事我很確定，那就是護照不見了。

一直到今天，我仍沒想通護照到底是在哪裡搞丟的？是被偷了嗎？還是換錢時遺忘在銀行櫃台？買車票時掉出來了嗎？或是其他超自然的神秘力量介入？總之，我並沒有在這個無解的難題擱淺太久，畢竟燃眉之急，是先向警方報案，然後拿著遺失證明，向中華民國駐外辦事處申請補發新護照。幸運的話，我還可以繼續旅行，前往保加利亞，然後再從首都索非亞搭機經由巴黎返台。最壞的打算，還是可以從布加勒斯特出發，多轉一班機，仍可趕上一週後返回台北的航班。

不過，這裡產生了兩個問題：第一，沒有警局願意接受我的報案（很怪是吧），其次，羅馬尼亞沒有駐外辦事處，離我最近的駐外單位，是一千公里外的維也納。

失去證明自己身分的文件，失去名字的我，莫名地被困在布加勒斯特，離不開了。

我找到的第一間警局，是在不知名公園的附近，某個不起眼的小辦公室。

「你在哪裡遺失護照的？」

「不記得了，」我老實地回答：「抱歉，但真的沒有印象。」

警察雙手一攤，把筆丟在桌上，「你不是在我們管區遺失，按規定，你不可以在這裡報案。」

「不能通融一下嗎？」

在世界上，如果我們與其他人共同生活的話，就不能失去「身而為人」的符號象徵，
那些平常不以為意的標記，一旦失去了，
也就喪失成為「正常人」的資格，成為沒有歸屬的存在。

「不可以。」連聲抱歉也沒有。

接下來兩間，也以同樣的理由拒絕，而且還要求我簽下某個文件，似乎要證明我來過警局報案……但不受理我的申請。

「我在西比悠遺失護照。」在第五間警局我是這麼說。

「那你應該回西比悠報案才對。」

「我在布拉索夫遺失護照。」在第六間警局我告訴他們。

「那你應該回到布拉索夫報案才對。」

「我在這裡遺失護照。」我在中央車站的駐警辦公室報案。

「你不要騙我，我是警察，我知道你在騙我。」

大同小異的說詞，千篇一律的回絕，還有數不清的警察局，不知不覺，三天過去了。

更重要的是，沒有身分文件的我，被所有的旅館、飯店拒絕。

「我怎麼知道你會不會是偷渡客？」

「為什麼沒有護照？那你是怎麼進來的？」

「這裡不接受沒有身分證件的人入住。」

「我們不歡迎提不出身分證明的人。」

「影本拷貝不行嗎？」

「不行，我只看正本。」

除了投宿旅店外，換錢、買車票、刷信用卡，甚至是在某些餐廳吃飯，都需要書面文件，隨時證明「我是誰」。這段奇怪經歷自然有它的詮釋與意義：在世界上，如果我們與其他人共同生活的話，就不能失去「身而為人」的符號象徵，那些平常不以為意的標記，一旦失去了，也就喪失成為「正常人」的資格，成為沒有歸屬的存在。如何找回自己，回歸社會，向來是文學作品熱愛的主題。

因此，找回身而為人的標記，成為我這段旅程最意外，也最重要的任務。

氣味的象徵

不知道大家有沒有讀過徐四金的小說《香水》（Das Parfüm – Die Geschichte eines Mörders），學生時代，我非常喜歡這本小說。開始創作後，還用過類似主題嘗試寫過幾篇小說，但實在是差太多了，所以從沒拿出來見人。

順道一提，小說在二〇〇六年還被改編成電影上映，畫面很漂亮，演員也沒什麼好挑剔的，但在電影中，我總覺得少了某種能按壓胸口的東西，電影我看了很多次，很遺憾，每次都給我這種感覺。雖然電影拍得不錯，卻沒辦法打從心底熱起來，說不定，這只是我個人的問題。

為了幫助大家回憶，先簡單介紹一下劇情。主人公葛奴乙，不知道為什麼，打從一出生，身上就沒有任何氣味。當人們發現他身上沒有氣味時，反應都是敬而遠之。大家都聽過「當命運為生活關上門時，也一定把窗戶給鎖起來吧！」擁有神級靈鼻，可以分辨數萬種不同氣味的葛奴乙，只要和他產生關聯的人，必定為自己帶來不幸。隨著故事劇情開展，我們看見主人公成為香水學徒，學習各式各樣的提煉法，葛奴乙想追求的，是他一出生就沒有的東西，也就是「自己的氣味」。

如果在課堂上作小說解析，老師一定會問大家：

「到底小說中的氣味，代表著什麼？」

回想一下，「氣味」究竟意味著什麼？是階級身分嗎？自我認同？還是另一種更高的存在？沒有體味的葛奴乙，也慢慢地意識到自己和別人不太一樣，但哪裡不一樣，讀者和主人公一樣懵懵懂懂，說不上來，但也開始覺得不太對勁，好像氣味不應該就只是氣味而已。在古希臘文與拉丁文裡，「氣味」（Scent）與「呼吸」及「靈魂」有關。神話中絕頂聰明的普羅米修斯，除了盜火之外，另一件比較不為人知的事蹟，是指導人類如何祭祀奧林匹亞諸神。

「祂牽來一頭最肥美壯碩的公牛，以快速俐落的手法宰殺，並加以肢解……並將皮油骨肉分成兩堆，毛皮與骨頭給神，肉及肉臟給人，以此劃定，人與神的分際。」

普羅米修斯教人類在神殿外的祭壇，焚燒香料，等到香氣彌漫時，再把去肉的牛骨放上去，混在一起燃燒，之後，所有的一切都化成香氣氤氳的白煙，升上天庭，諸神只要聞一聞獻祭的香氣，就能從中汲取源源不絕的能量。最後，人類才能將肉切成一塊塊，用火串烤，或是放在大鍋裡煮熟後吃掉。

小時候總覺得普羅米修斯實在是太奸詐，而宙斯未免也太笨了吧？怎麼會接受人類用這種方式去拜拜呢？其實仔細推敲，你就會發現，動物體內，骨頭算最具有神性，最珍貴的部分。皮肉會腐爛，而在某一個程度上，骨頭是可以抵抗腐爛，甚至是超越時間的存在。在這層認知上，骨頭可說是最接近諸神「不死」與「永恆」的特質。透過普羅米修斯的巧妙安排，諸神從動物「不死」的骨頭，獲取延續法力的元氣，而人類則食用終究會腐壞的肉，正如人終究難逃一死……這正是神與人關鍵性的區隔。

氣味是靈的轉化，是魂的具體象徵。沒有氣味的葛奴乙，是不是就意味著沒有靈魂呢？既然氣味是「有靈魂」的象徵，換句話說，有沒有資格成為社會的一分子，想要以「人」的身分活下去，就必須和大家一樣，擁有相同的東西才行。大家排斥沒有氣味的主人公，也都強調正常人身體一定都有氣味，即使成為頂尖的香水師，葛奴乙始終被社會拒於門外。

羅曼諾夫王朝時代的農奴，就被貴族們視為「非人」的存在。到了十九世紀中葉，農奴們仍無法擁有「人」的身分，連上教堂做禮拜，都可能被貴族或平民毒打，趕出大門。像這樣的事，可說到處都有，印度種姓制度裡的賤民（Dalit），日本明治維新後被政府制度化歧視的阿伊努人（Aynu），或是二戰期間被納粹殺絕趕盡的猶太人，不要說平等看待，如果這些人在大街上太過醒目，就很可能會引來殺身之禍。但為了社會體制最基本的和諧運轉，人們必須將其他的標示與象徵，加諸在他們身上，來強調「他們」和「我們」不一樣。這些都是沒有「個體性」，沒有影子，沒有氣味的人。失去進入「普通社會」的入場券，被這樣定義的人，即使擁有再遠大的抱負，也只能在世界的角落嘆氣。

流放、驅逐、隔離、排擠，正是身而為人的我們，對「非我族類」的處理方式。

你來這裡做什麼？

第四天，失去名字的我，仍持續找尋可以受理報案的警察局。

上午，我在歌劇院附近兩間小警局又吃了閉門羹，理由一樣是「不受理外國人報案」及「東西不是在我們管區搞丟」，但在一座看來不甚起眼的小派駐所，年輕警員意外地讓我找到活下去的希望。

「我們這裡不能接受你的報案，因為你是外國人。」小伙子用最大限度擠出幾句英語向我說明。

「哦～謝謝。」我孱弱但有禮貌地感謝他的拒絕。

「但是……」年輕警員突然挺直腰桿說道：「這個地方也許可以幫你。」他順手拿起桌上的原子筆，認真地寫下某個地址。

「去這裡，他們會幫你。」

現在，我還可以清楚地回憶當時的興奮激動。要不是我很直，我一定給他一個大大的擁抱。但我沒有，在禮貌且不失熱情的道別後，我幾乎是踩著歡欣小碎步離開警局。我攤開地圖，查一下小伙子給我的地址，發現它在首都市區有點距離的東南邊，我心想「靠×……真的假的？這麼遠！」在盤纏有限的前提下，搭計程車前往似乎是不太明智的選擇，而且不知道會攔到什麼恐怖小黃，所以不管是要搭火車到城外，轉乘公車，然後再步行走一段，現在只要能夠報案，我哪都可以。

出發的同時，布加勒斯特的天空飄下濛濛細雨，應該也是為我可以找到受理報案的單位喜極而泣吧！我在前往的路上，開始思考下一步，也就是如何將報案證明FAX到維也納，這點難度倒是不高，任何一家星級大飯店，或看起來有點可疑的網咖，應該都可以找到傳真機……

「在離開羅馬尼亞前，應該再去吃一次Sarmale（巴爾幹半島版的高麗菜捲）。」當我沉浸在晚餐幻想的同時，公車也到了終點站，下車所看到的一切，和我所想像的，有點出入：沒有鋪設柏油或水泥，泥濘不堪的街道，以鐵皮及角材搭建而成的臨時小屋，碩果僅存的幾排公寓，每一間都像是厲陰宅系列的場佈，在巷弄裡踢著破足球的少年們，以一種「你來這裡幹嘛」的鄙夷眼神看著眼前這位絕望的東方男子。

我拿出紙條，足球少年們則指向路的盡頭，踱過這短短的幾百公尺，給我某種永遠走不到的錯覺，每個人都以奇特的注目關心著我，好像我是他們這輩子第一個遇到的東方人（想當然知道這不是真的！），一位年約十歲上下的小男孩跑了過來，友善地向我招手，帶我走向紙條所寫的地點。

結果，這裡是一大片擺滿報廢公務車，半新不舊的市區衝鋒車，搖搖欲墜的運囚巴士與警車的超大洗車兼停車場（請告訴我，這不是真的）。

來都來了，我也只能硬著頭皮進去，看看能不能問出個所以然。

「請問，這裡可以受理外國人遺失護照的案件嗎？」

七、八個警員同時抬起頭來，眼神充滿疑問。

稍後才知道，這裡是布加勒斯特地區的警用車統一調度場，主要業務是停放與修維警方及法院的車輛，抵達警局的同時，現場正忙著處理一群頭破血流的小流氓，大家都試著把我當塑膠，或者是透明，還是空氣，似乎和我講句話就會召來不幸。不過天無絕人之路，上蒼有好生之德，正當我幻想著用烏茲掃射辦公室時，一名臉孔稚嫩的女警員向我走了過來。

「這裡……」又是一張紙條，不過這次是指向布加勒斯特市中心的繁華街，「應該幫得上你。」

又折騰了半天，我來到紙條上地址所在地，結果……

失去「成為正常人」的資格後，最大的痛苦，
不是有沒有錢，或吃飽穿暖的問題。
「人是社會性的存在」，最深刻的折磨，
是必須承受冷漠以對的孤立，和群體施加在個人身上的精神凌遲。

「你來這兒做什麼？這幫不了你。」那裡是中華人民共和國的大使館，虧我還領了號碼牌。

眼見班機啟程的deadline越來越近，我卻連最基本的遺失證明都拿不到。

自我的探索

無論是徐四金的《香水》，阿德爾伯特・馮・夏米索《失去影子的人》，或H・G・威爾斯的《隱形人》，閱讀過的朋友們應該都有發現，失去「成為正常人」的資格後，最大的痛苦，不是有沒有錢，或吃飽穿暖的問題。「人是社會性的存在」，最深刻的折磨，是必須承受冷漠以對的孤立，忍受群體施加在個人身上的精神凌遲。

十七世紀理性主義最具代表性的哲學家斯賓諾莎（Baruch de Spinoza），因為他個人的激進，與近乎於無神論的前衛思想，讓他在二十四歲時被阿姆斯特丹猶太社群逐出教會，這種放逐是終生有效，而且無法取消的命令，它規定每一位猶太人，包括有血緣的家族親屬，都要「永遠地」迴避他。這位下半輩子靠研磨鏡片謀生的年輕哲學家，直到四十五歲因病逝世為止，再也沒有猶太人和他交流，與他對話，或是讀他的著作，甚至親近至五公尺的距離之內。

在自己的土地被隔離，算是另類的流放。後來，斯賓諾莎在漫長的孤立中，寫下了《依幾何次序所證倫理學》（Ethica Ordine Geometrico Demonstrata，簡稱《倫理學》），這本書一直到他過世後才公開發表。《倫理學》以歐幾里得幾何學的嚴謹格式，來思考「身而為人」的種種情感，一開始就給出一組公理以及各種公式，再從中產生命題、證明、推論以及解釋，大約有四分之一的內容，都專注於討論「如何克服情感的束縛」。

身為哲學家，斯賓諾莎幾乎懷疑所有的一切，他否定人格神、超自然神的存在，也質疑神學裡的目的論、宿命論與擬人論（Anthropomorphism），想法很有高度和態度，但總是給人冷冰冰、不太有溫度的感覺。但如果他活在二十世紀，或許能和村上春樹當好朋友。

話說回來，斯賓諾莎和卡爾・蔡斯一樣，相信清潔鏡片有益思考，以清晰明亮的方式看見自我。所謂的「自我」，是需要努力探索、保存的，就這方面，我在布加勒斯特的考驗，正是斯賓諾莎哲學的具體實踐。

時間的賭注

經歷了一週的挫敗，我開始天馬行空地想像：如果在布加勒斯特住下，究竟要如何謀生、在何處落腳等問題。我走進大賣場的駐警辦公室，提出相同的報案。

「我可以受理你的報案，但是……」警員以不帶感情的方式從抽屜裡拿出厚厚一疊表格，「你要用羅馬尼亞文寫下遺失經過，還有其他的資料。」

這很難嗎？當然很困難。全世界有超過二千萬人懂羅馬尼亞文，但不包括我個人在內，我想了一下，請警員等我二個小時，然後搭地鐵帶手刀衝刺，來到布加勒斯特大學的門口。

「你能說英文嗎？可以幫我一個忙嗎？」我對每個進出校門的學生提出請求。

大約碰了半小時的硬釘子和軟釘子後，一位長滿落腮鬍的年輕學生走了過來，我願意提供身上碩果僅存的一百歐元請他幫忙，他笑了笑揮一下手，然後陪我到警局。順道提醒大家，羅馬尼亞的報案表格真的很複雜，看起來就像ＮＡＳＡ執行登月計畫的企劃書，我想，即使要用中文填寫恐怕也很困難吧！

在數也數不清的拒絕後，我終於拿到警局核發的護照遺失報案證明，接下來的任務是找到傳真機，將資料傳到維也納。這點也不困難，我在火車站附近的網咖就能找到一台可用的傳真機，花了一筆錢後，維也納辦事處收到了我的申請。

「今天是星期五，你何時的班機離開布加勒斯特？」電話的另一頭，是東歐台商的大姊大，定居在奧地利很久的珍妮，我在羅馬尼亞盲目奔走的同時，珍妮姊幫我打點辦事處的文書流程。

「好像是明天，我查一下。」我翻開機票，「是明天早上十點……」

「那你今天一定要拿到護照，否則明天上不了飛機。」

「可是……怎麼拿？」我腦海中浮現歐洲地圖，布加勒斯特與維也納之間，還隔著一個五百公里寬的匈牙利大草原。而且，現在已經是下午三點，離班機起飛，只剩下十七個小時不到……

「這樣好了，只能賭一下……」我把方法告訴珍妮姊，請她去幫我張羅。

七個小時後，我舉著寫著自己名字的A４紙牌，站在布加勒斯特首都國際機場的入境大廳。

你是Ryan嗎？

「請拿出證件，」面無表情的保安站到我的面前，「或是和我到辦公室一趟。」

「很抱歉……」我看著再也沒人出現的入境大廳，「可以再給我五分鐘嗎？」

我的心正沉到海底，因為保安正將手伸向腰側的手銬。

「不好意思打擾，請問……」一位棕髮女子不知何時出現在我們身旁，手上拿著我朝思暮想的綠色小摺本，「你是Ryan嗎？」

這是今天從維也納飛往布加勒斯特的，奧地利航空最後一班貨機。我請珍妮姊去問問看有沒有空服員或機師願意幫這個忙，把護照帶到羅馬尼亞。

終於，我又是個被承認的「人」了！總算，可以回家了。

最後，容我告訴大家，這並不是我最後一次遺失護照，不知道為什麼，我和這件事有種神秘的聯結。經過羅馬尼亞、義大利以及克羅埃西亞事件後，有一天，我收到有關當局非常正式的通知，內容大致上是：

「如果你再掉護照，行政單位可以考慮不再核發旅行證件給你。」

這是到目前為止，我收到最嚴正的警告。

chapter 04
紀念品

紀念品和人生很像，

充滿了激情、幻想、掙扎、選擇、遺憾與後悔。

經常在上節目通告時，會被製作單位要求：

「請問老師，有沒有什麼有趣的紀念品可以帶到棚內，讓大家開開眼界。」

真糟糕，每次碰到節目企製提出這樣的要求時，我只能滿懷歉意地回答：

「真的很抱歉，我沒有那樣的東西。」

為什麼會沒有呢？原因有很多，其中之一，當然和旅行的地點有關，無論是南極半島、聶斯特河沿岸共和國的首都提拉斯浦，或是聖母峰基地營，實際上都沒什麼可帶，看起來既不起眼也不特別，或者是不可能帶出境，連拍張照都不可以的東西，只能讓它在記憶裡隨著時間斑駁、毀損、褪色、遺忘。

第二個原因，因為長時間旅行，能背能帶的東西實在有限，想像一下，長達三個月的旅行，我只能攜帶絕對必需的行李，完全沒有多餘的空間放置紀念品。

第三個原因，當然和盤纏有關，嚴格來說，我個人的外出幾乎都沒有贊助，大部分都要在手頭非常拮据的情況下旅行，連一日兩餐的錢都要精打細算了，怎麼有多餘的錢買紀念品呢？

儘管如此，無論再怎麼節制，也還是有買到剁手手的事情發生，不過真的是少之又少，只有在失心瘋的情況下才可能發生的意外。但紀念品和人生很像，充滿了激情、幻想、掙扎、選擇、遺憾與後悔。

先來聊聊我人生的第一個旅行紀念品，那是父親第一年有車，帶著全家環島時，媽媽在北迴公路和平休息站買給我的「地球珍奇礦石寶盒」，新台幣一百五十元。說穿了，就是蒐羅各式各樣石頭的小盒子：硫磺、安山岩、玄武岩、花崗岩、黑曜岩、閃長岩、橄欖石、輝長岩、雲母、石英、方解石、鈉長石……對我來說，除了陪著我長大的百科全書外，就屬這套礦石最得我心，這些在大地無限深邃黑暗中形成的結晶，蘊藉著遼闊的空間，也指向永恆的時間。所有失落、隱晦、幽閉的過往，都能被握在掌心之中。

三十多年過去了，這盒小小的地球歷史，今天仍靜靜地躺在書房某個角落。

這些旅途中的不期而遇，被攜帶回來的偶然，記述著原本不屬於我的回憶。
無論接受贈予、購買、撿拾或其他方式，世界的一部分成為自我的一部分，
似乎，我們的世界也向外延伸了一些。

從這盒礦石出發，開始了我的岩石採集之旅，在我的書架上，有來自義大利維蘇威火山的凝灰岩，西南非納米比亞海岸的葡萄石，巴基斯坦凱沃拉的玫瑰鹽礦石，還有阿富汗貧瘠山區的青金石。

很多年前，有人告訴我，無論是米開朗基羅《創世紀》中上帝身後的天空，提香筆下聖母瑪利亞身上的長袍，或是維梅爾書中讀信的女子的日常衣著，那蘊藉著神聖與神秘，比大海更深的藍，只能從遙遠的興都庫什山中少數的礦場挖出，往來於古老商道上的人們，將這些藍色石頭帶到海都威尼斯交給修道院，最後修道士再以不傳外人的精煉手法，將它們製成顏料。在化學顏料問世之前，「群青」的報價直逼黃金，它的名字「Ultramarine」，意思就是「來自大海」或「穿越大海」，深藏在大地之下的藍，最終為藝術帶來永恆的生命。

我向來對古典繪畫的色彩充滿興趣，顏料算是我在藝術史領域中投注不少心力的領域，親臨青金石出土的所在，對我來說好像有點重要。後來，我分別在薩爾山區與喀布爾市集入手，前者是青金石原石，後者則是打磨加工後製成的手鐲，作為兩度拜訪阿富汗的紀念。

另外一件和礦石相似，但又不盡相同的旅行紀念，是採集自世界各地不同地方的「沙」。

第一瓶沙來自於約旦西南部，當地人稱為「月亮谷」的瓦地倫（Wadi Rum）。一九一七年阿拉伯大起義期間，英國情報官T・E・勞倫斯上校帶領阿拉伯部落，反抗鄂圖曼帝國的基地就設在這裡。散發出烈日灼身般的激情，比勃根第葡萄更豔的酒紅，是瓦地倫沙漠最搶眼的特色。

因為去過最多次，所以撒哈拉的沙數量最多。極盛時期，客廳、書房、臥室各有一瓶。在所有沙漠中，撒哈拉的沙是顆粒最小，手感也最細緻，偶爾，我會將它們倒在手裡，透過觸覺，回憶撒哈拉歲月的風沙星辰。

西元六七〇年，發生在伊拉克卡爾巴拉沙漠的悲壯戰役，將伊斯蘭信仰一分為二，他們的分歧不在於教義，反而糾結於先知之後，誰才是正統繼承人。無論是尊重已成歷史定局的遜尼派，與相信應該但並未實現神聖歷史的什葉派，都將卡爾巴拉視為神聖的所在。

千年來，穆斯林們會來到此地，跪在黑色沙地上祈禱、懺悔、哭泣。信徒更將此地泥與沙混合，用模子壓製出各式各樣的沙磚，隨身攜帶。在我所蒐集的沙漠中，卡爾巴拉正好有瓶裝黑沙和信徒贈予的沙磚。

這些旅途中的不期而遇，被攜帶回來的偶然，記述著原本不屬於我的回憶。無論接受贈予、購買、撿拾或其他方式，世界的一部分成為自我的一部分，似乎，我們的世界也向外延伸了一些。

天真無邪的念想

蘇聯解體後十年，我沿著西伯利亞鐵路，抵達朝思暮想的莫斯科。眼神冷峻，不苟言笑，每個人頭上似乎都頂著一片散不去的烏雲，我所看見的莫斯科市民，不像是住在那裡，倒像是困在那裡。當年俄羅斯的經濟才剛從休克中甦醒，百廢待興只是溢美的文學修辭，不知道明天何去何從的絕望，才是讓人啞口無言的真實。處處可見路倒的醉漢，站在街角眼神飄忽的中年女子，還有全副武裝的警察，映襯陰沉的天空，莫斯科活脫像是沒有蝙蝠俠的高譚市。

但對這個讀志文出版社小說長大的書呆子來說，屠格涅夫、杜斯妥也夫斯基、托爾斯泰、果戈里、契訶夫、高爾基等人，是我慘綠閉塞的黯淡青春期最好的朋友。多少次，我被文學拯救回來，他們教我學習在人生的黑暗中靜默，與黑暗相處，習慣黑暗，然後再慢慢摸索，試著走出沒有光的地方。可想而知，當我站在紅場廣場上，看著聖巴西爾大教堂五顏六色的洋蔥頭時，心情比中大樂透頭獎時更加激動。

為了把美金換成盧布，我前往最熱鬧的特維爾大街（Tverskaya Street, Тверская ул），找尋可以換錢的窗口。如果去銀行的話，匯率極差，手續也很麻煩，尤其是漫長的等待時間，「足夠讓蜂蜜發酵成酒……」旅館門房大叔告訴我說：「要換錢，去特維爾就好了。」

於是，天真無邪的我，真的揣著美金，傻傻地在特維爾的兌換所換錢。

「我想把這張一百美元換開。」

「我看看……」阻隔在柵欄與強化玻璃後的櫃台小姐，她有著一對很好看的灰色眼珠，典型的斯拉夫人。在接過我的紙鈔後，「是這張嗎？」說完這句話，她將紙鈔放入機器，安靜了幾秒後，機器發出嗶嗶的聲音。

「我不能接受你的紙鈔，」櫃姐將紙鈔放在盤子上遞了過來，我再三確認過，上面人頭原來是富蘭克林的百元美金，不知道為什麼，變成墨色可疑的五元美鈔，她從容淡定，面無表情地說：「它是假的。」

「這不是我的鈔票，我剛剛給妳的，是一張百元鈔。」抗議是一定要的，難道要悶不吭聲嗎？

「請你看清楚，就是這張五元美金，沒錯。」她一口咬定：「而且是假的。」

此時的我，再也顧不了外交準則與國際禮儀，「有點」大聲地和她爭辯片刻，當時的我實在是太年輕了，不知道這些舉動會給自己帶來怎樣的危險。可能是我陷在她的灰色眼珠裡太深，完全沒有注意到，不知何時，她及我的背後，出現了兩位身穿皮衣、身形魁梧的光頭大漢。

「你就走開，不要找我麻煩。」灰眼珠櫃姐冷峻地說：「我想你的家人會希望你平安回家，還有……」她伸手把那張假美金抽走：「這東西違法，不可以離開這裡。」

我背後的光頭佬一把抓住我的右肩，將我狠狠地摔在門外，縐摺的口袋裡另一張五十元美金露出頭來，我想他們也看見了。

我趕緊站起身來，快步離開地下匯兌的是非之地，不過，已經太晚了。

我再見到光頭佬時，是在普希金廣場附近的巷子裡，只不過他們變成三個人，其中一位，後腦勺還刺著被手鐐銬住，施洗者約翰祝福手勢的圖騰。

第一拳打在我的左臉，頓時眼冒金星。不知道哪來的第二拳……還是第二腳，讓我的世界一下子黑了起來。我感受到這些拳頭有滿滿的厭惡，每個起腳都可能讓我倒地不起，縱使用雙手護住頭，仍感覺到一股熱流自鼻子流出。疼痛轉為麻痺，變得有點不真實。在恍惚中，我好像看見不懷好意的金屬光芒，在眼角餘光處閃動，再不跑，或許家人朋友就要參加我的告別式了。又挨了幾下拳腳後，不知哪來的力氣，我死命地跑，逃離那該死的巷子。

自入絕境的小豬

看過電影《飛天巨桃歷險記》、《小魔金瑪蒂達》、《巧克力冒險工廠》或《吹夢巨人》的朋友，或許就知道這些故事，都出自於一位風格詭異的作家羅德·達爾（Roald Dahl），雖然羅德·達爾的作品被歸類為兒童文學，但我衷心地認為，有很多故事會讓幼小的心靈烙下陰影。

在一九六〇年所出版的短篇小說集《Kiss Kiss》裡的《豬》（Pig），故事的主角萊辛頓在出生那天，父母親為了慶祝小寶寶誕生到城裡最高級的餐廳，回家後卻因為沒帶鑰匙，在翻牆開門時被警察誤認為闖空門而被射殺。所幸，牠被古怪的姨媽葛洛斯潘收養，嚴格的姨媽決定小萊辛頓不必上學，認為自己能給牠足夠的知識與教育。在家自學的萊辛頓，被教育成一名素食主義著。阿姨告訴主角，吃素是件很麻煩的事，尤其是外出用餐時幾乎沒什麼選擇，最好學會自己做菜。羅德·達爾花了很多篇幅描寫小豬怎麼學做菜，到了十七歲，萊辛頓竟然會九千多道不同的素食料理。大好人生似乎就要開始，正準備要大展身手之際，姨媽葛洛斯潘過世了。再次成為孤兒的萊辛頓，先下山拜訪醫生，草草開立死亡證明，然後走了十六天才到紐約，按照找到的遺囑，律師會為牠打點一切，不過，透過一連串花言巧語及強詞奪理，壞律師硬生生地騙走小豬應得的大筆遺產。萊辛頓還滿懷感激地，拿著所剩無幾的財產離開事務所。

身為讀者的我們，跟著萊辛頓離開家，一同走入充滿不懷好意的世界，見證牠不斷被誆被騙的成長歷程，受傷，似乎就是牠的善良唯一的回報。

但真正的悲劇，是從飢腸轆轆的萊辛頓，走進一間餐廳開始。餓壞的小豬想點些烤玉米餅，並且「用一點點非常熱的酸奶油，每面快煎二十五秒」。

服務生粗心地將萊辛頓的餐點變成Pork，一輩子沒聽過、沒吃過Pork的牠不知道那就是豬的肉，當萊辛頓聞到豬排蒸騰的香氣時，全身顫抖，並驚呼連連：

「多麼美妙啊！這一定是天堂，為什麼姨媽沒告訴我世界上有這麼美妙的食物呢？」

所有旅途帶回來的物件，都只是現實世界支離的碎片，
唯有附上故事後，這些物件才有意義，
散發出存在的光輝，點出價值與意義。

好吃到痛哭流涕的萊辛頓，付了一張又一張百元小費後，才從服務生口中問出這道料理是豬肉。萊辛頓非常訝異，為什麼姨媽會一直告訴牠「肉」是不健康、噁心、令人反胃的東西。同時，牠也想了解要如何才能做出這麼好吃的料理，先是到廚房參觀，隨後廚師給了萊辛頓屠宰場的地址，告訴牠：

「好的肉是成功的一半。它必須是好豬，正確屠宰，否則無論用哪種烹飪法都會很糟。」滿懷感恩與好奇的萊辛頓，跳上計程車，興匆匆地去學習殺豬。

如果你把萊辛頓的經歷當床邊故事唸給小朋友，你應該要闔上書，叫孩子趕快睡覺。萊辛頓和其他六名遊客一同觀賞屠宰過程，看著豬隻被上腳鍊，用鐵鉤倒掛起來，過程中輸送帶上的豬因為折斷腿骨而慘叫不已，管理員告訴主角：「沒關係，反正我們也不吃骨頭，牠們受苦沒有關係。」萊辛頓還因此不斷地讚嘆系統有多了不起，讓人著迷。

就在萊辛頓為屠宰場的高效率陶醉不已時，故事急轉直下，我們和主角都在沒有心理準備的狀態下，發現自己的腳被勾住，然後頭下腳上地被吊了起來。

「放我下來！你們搞錯了！放我下來！」不斷掙扎哭號的萊辛頓，和目擊事件發生卻無動於衷的人們，看著牠被輸送帶拖著，送到一名微笑可愛的年輕人面前。

「放我下來！放我下來……」突然間，牠叫不出聲，血從萊辛頓的喉嚨流了下來。頸動脈被割破的小豬，看到輸送帶盡頭，有一座冒著蒸氣、滾著熱水的大鐵鍋……

看著前面的豬一隻隻掉進鍋裡，「突然間，我們的英雄覺得好疲倦，直到牠堅強的心臟將最後一滴血送出去後，牠才離開這個最好的世界，前往下一站。」

時到今日，我們實在很難臆測，羅德．達爾寫下這個故事真正的動機為何？他想告訴讀者什麼？想讓我們發現什麼？是要「借豬諷人」嗎？還是突顯無知的可怕呢？如果主角有受到良好的公眾教育，結局會有所不同嗎？

可以確定的是，被別人騙光錢，並將自己送上屠宰場，不是別人，正是天真無邪的萊辛頓本人。如果說這故事有什麼寓意的話，我就是故事中，把自己送進危險的小豬。

生活與命運

全身斑斑血汙，傷痕累累的我，一路跌跌撞撞，終於回到旅館。站在浴室的鏡子前，一一檢視慘不忍睹的自己：左臉眼球與眼瞼，因瘀血而疼痛腫脹，後腦勺上緣裂了一道口子。全身上下有大小不一，或深或淺的擦傷、挫傷與瘀青，最痛的點，應該是右方肋骨下緣，就連呼吸也能感覺到灼熱的劇痛。但更迫切需要處理的，是左手肘靠近關節稍稍內側處，有一道約五公分長，似乎是被利刃刺中，深得可以看到肌肉組織的傷口，無論我怎麼壓，血就是不停地向外冒。求救無門的我，只好用隨身的針線包將它先縫起來。

我只能說，因為遍體鱗傷的抽痛麻，反而讓傷口縫合的刺痛微不足道。我總共縫了五針，而且是非常醜的那種，像是一隻歪七扭八的蜈蚣，咬住我的手肘毫不鬆口。

折騰了半天後，我躺在浴室的地板上沉沉睡去。也許是兩天，還是三天，我不記得了，唯一有印象的，是地板越夜越寒的冰涼，而我就躺在上面，度過高燒、夢囈與痛楚的日子。

幾天後，我支撐著虛弱的身體，走上大街，尋找藥局、診所或大型醫院。只不過在物資極度缺乏的艱難時期，連最基本的醫療服務都很奢侈。我找不著任何一家可以提供醫療的場所——唯二的兩間公立醫院，到今天我還不知道為什麼，卻拒絕讓我進去——不退的高燒，化膿的傷口，在無計可施的失望與絕望下，我站在莫斯科的街頭，欲哭無淚……

「請問，」一對年紀相仿的男女來到我面前：「我們可以幫上你什麼忙嗎？」

像是芥川龍之介小說《蜘蛛絲》（蜘蛛の糸）中，自地獄上方拋下，發出微弱光芒的救贖希望。以冷漠出了名的俄羅斯人，向我伸出友誼的手，他們一句關心的問候，讓我崩潰了……

他們是娜塔莎和佛拉迪米爾，莫斯科音樂學院的學生。多年後的今天，我仍然記得他們溫暖的友誼，以及一同走過泥濘冷清的廣場街道，架上商品所剩無幾的超市，浪費許多時間的候診大廳，還有懷抱著沉重時間感的音樂院琴房。

我受傷的身體與靈魂，就在友誼的悉心照料下，一點一點地恢復。

「我們想帶你去見個人。」半個月後的某一天，娜塔莎提出這樣的建議。

莫斯科市區外圍，有許多建於一九六〇年代，被稱為赫魯雪夫樓（khrushchyovka）的國民住宅。娜塔莎的祖母安娜，就住在其中某間六呎見方，搖搖欲墜的小閣樓中。

安娜的先生與兒子，都是舊時代蘇聯的人民英雄，挺過第二次世界大戰，去史達林化的政治清洗，赫魯雪夫秘而不宣的冷戰，布里茲涅夫停滯不前的計畫經濟，民族自信心被資本市場踩在腳底的改革重組，蘇維埃解體……直到今天，這一家人仍然相信，俄羅斯必定再次偉大。

「沒有人告訴我，我的兒子是怎麼過世的。」我看到牆上的相片，其中一張是抱著小女孩，背著槍，戴著花圈的軍裝青年，我想，那也許是娜塔莎的爸爸。

預計三個月結束的阿富汗行動，最後卻歹戲拖棚打了九年。許多人的父親、兒子、兄弟，在這場不必要的戰爭中消失。

透過娜塔莎及其他朋友的翻譯、解釋、補充、註解……我沉默地傾聽安娜奶奶陳述的過往，我想起格羅斯曼，這位沒什麼人聽過的蘇聯作家，還有他那部注定偉大的《生活與命運》：

「所有人在面對戰爭中失去兒子的母親都是有愧的，而所有證明自己無愧的掙扎，在母親的悲傷前都只是徒勞。」

責任、正直、悲憫、無畏。正是《生活與命運》點出來的事實，面對艱困、消磨意志的生活，俄羅斯人有無情殘酷的一面，但更多的，是善良、不可磨滅的那一面。這才是托爾斯泰、杜斯妥也夫斯基與屠格涅夫筆下，偉大的俄羅斯。

奶奶走回房間，當她回來的時候，手上多了一個小小的錫製徽章。

「這是聖猶大，旅行者與絕望者的主保聖人……」安娜握著我的手，將它交給我，「你比我們需要祂的守護，直到你也夠強大，可以保護身邊的人。」

第二次世界大戰期間，安娜的先生米蓋爾在前線被納粹俘虜，不久後逃出來，卻意外被地雷所傷。性命岌岌可危的米蓋爾，在波蘭鄉間被一戶農民收留，要知道，無論是敵後還是前線，收容逃兵戰俘，被發現都可能招來殺身之禍。

「你可以想像無神論的蘇聯士兵，被虔誠的波蘭天主教徒收容照料嗎？」

傷癒離開前，波蘭農民交給米蓋爾，一個小小的徽章：

「戰爭有結束的一天，但我們的善意，能讓舉步維艱的生活繼續走下去。」

一九四五年，希特勒自殺，納粹德國投降。但無論是戰敗或是勝利的一方，都付出極其慘重的代價。

「米蓋爾回來後，告訴我，他再也不想拿槍了。」安娜奶奶看著爺爺的相片，「再怎麼辛苦，他都要我相信，命運是公正、公平的。」

後來成為醫官的他，幫助了許多人，但在十多年前，米蓋爾身上的絕症，卻沒人可以幫他。

「爺爺要我們相信，相信那些讓我們受傷、吃虧、不再信任自己的事。」娜塔莎捧著父親的相片，「有時候我也會懷疑自己，應不應該繼續相信。」

現在，這枚徽章來到我的手上。

因為有他們的善意，我才能走出絕望，即使社會局勢那麼壞，他們仍然選擇幫助，選擇善良。

所有旅途帶回來的物件，都只是現實世界支離的碎片，唯有附上故事後，這些物件才有意義，散發出存在的光輝，點出價值與意義。旅行是六感體驗，但不是想重現就能重現，回憶需要憑藉，需要觸發，這些帶回來的物件，能讓我溯及既往，召喚不可能再來一次的時光，重溫即將遺忘的故事。

對我來說，至今左手仍清晰可見的醜陋傷疤，守護流浪與絕望的聖猶大，以及那微不足道的善良，是我在所有旅行中，最珍視，也最寶貴的紀念品。

chapter 05

你以為你是誰

無名小卒也好，稍有名氣也罷，

多多少少，會讓我們的旅程有所不同。

從踏入片場的那一刻起，我就知道，事情不單純。

場記、攝助、企製、燈光、道具、成音、副導……大家都以一種「有禮貌的冷淡」與我保持距離。每個人都刻意迴避，不想和我有任何眼神或肢體上的接觸——

「請問，這裡是六號棚嗎？」

頭戴棒球帽的小妹，好像被什麼東西嚇到似地，目光中一閃即逝地不悅：「這兒就是。」我看見她小側包上的標語：「為人民服務。」

感覺很詭異，好像我觸犯了某種不能說的禁忌，而只要和我接觸過的人，就會給自己帶來厄運。

「請問，製作人在哪裡？」

另一名身著卡其工作服的小夥伴，正眼都不瞧我一眼，隨手一指，答案就在走廊的盡頭。

明顯地，大家對我，敬而遠之。

這是一支關於家飾精品的廣告拍攝，地點是上海。改革開放後的大陸，以超新星的姿態在世界經濟大放異彩，「翻兩番，搞上去」後的都會風貌，大成本大製作的影視作品，在在地都告訴大家：我們不一樣囉！當然，在這批新富新貴崛起的過程中，不少來自台灣的朋友也參與其中，這次邀請我來上海的，正是其中一家搞得有聲有色的品牌。

廣告主題是「在家也能環遊世界」，現場擺滿了各式各樣具有異國情調的家飾物件，從仿摩洛哥的阿拉伯掛燈，仿京都的禪意屏風，仿斯堪地納維亞式的手感木製家具，到仿東南亞的海島休閒摺疊椅，可說是應有盡有。原以為會是一趟簡明愉快的工作之旅，但一開始，就蒙上了混沌不祥的陰霾。

一名衣著整齊，樣貌清秀，年約三十歲左右的男子向我走近。

「你好，我姓華，是這次廣告的製片。」

在簡單的自我介紹後，我和製片、導演與廠商代表，花了些時間把流程走了一遍，然後開始緊鑼密鼓地拍攝。關於廣告拍攝，出資方通常都有「希望你可以帶到產品特色」的要求，在合理合情的範圍，完成客戶的需求，也是工作目標的一部分，但在大陸工作，則有些事要特別注意。根據統計，台灣的口語表達和內地的普通話用語，約有百分之七的詞彙語義差異。因此，我在內地使用口語錄製節目，必須先想好大致要講的話，然後給相關工作人員審查，訂正其中字音或詞義上的差異，最後自己再熟悉新的文字內容。例如索福克勒斯的悲劇《伊底帕斯》就要變成「俄狄浦斯」，文藝復興大師李奧納多・達文西要唸為「列奧納多・達・芬奇」，而林布蘭，則是「倫勃朗」。

除了字音外，語調也要重新調整。

「你的台灣腔普通話聽起來稍微輕了些，聲音再重一點。」

「句子連起時，吞音太多，講話要再清楚，截斷一點。」

「你的用語太民國了，要再普通一些。」

「語調太高了，再壓低一些。」

「這句話聽起來不像是內地的說法，再想一下怎麼說。」

製作人對口語表達的要求很專業，正好戳中我的軟肋。記得剛進電視圈跑節目通告時，每次播出後，就有網友留言：

「謝哲青講話不標準，台灣國語。」

「ㄔㄕㄘㄙㄕ都分不清楚。」

老實說，一開始還滿受打擊的，但後來自己花了很長的時間修正，還有思考「到底我的國語哪裡有問題？」

這下發現，原來我的台灣國語與大陸普通話的差異，可不止百分之七。

時尚的腔調

放眼全球，即使各地文化不同，基於出身與教養，上流階層的口音往往比較清晰，而越往勞工階層靠攏，口音則越模糊難辨。看過電影《王者之聲》與《鐵娘子》便知道，即使是貴為國王或首相，口音不清晰或抑揚頓挫不到位，都是有失身分的表現。在《哈利波特》中，每次榮恩開口講話，都會被來自世家的跩哥·馬份取笑「鄉巴佬」，榮恩中下階層的口音是很大的因素。

除了階級地位外，語言和葡萄酒一樣，也有風土條件的限制。

「南方水土和柔，其音清舉而切詣，失在浮淺，其辭多鄙俗。北方山川深厚，其音沉濁而鈋鈍，得其質直，其辭多古語。」

早在中世紀的南北朝時代，顏之推在《家訓》中就再三強調講話清晰的重要性：「南方的水土平和溫柔，所以南方人的口音清脆悠揚、快速急切，它的弱點在於浮淺，言辭也比較多鄙陋粗俗。北方的山川深邃寬厚，所以北方人的口音低沉粗重、滯濁遲緩，正好體現了風土的質樸勁直，言辭也有更多古代語彙。」

注重家庭教育的顏老師，繼續談到：「官宦君子的語言，還是南方為優；談到市井小民的語言，則是北方勝出。讓南方人變易服裝而與他們交談，那麼南方的官紳與百姓，通過幾句話就可分辨出他們的身分；隔著牆聽北方人講話，則北方的平民和士紳，你可能一整天也分不出來。」

顏之推對於孩子們講話的別字錯音很在意，「一言訛替，以為己罪矣。」小孩說錯話，是家教無方，是爸爸的罪過。這種對正音的執著，現代的我們看來，實在是讓人汗顏。

不過，真正讓兩岸口音腔調分道揚鑣的，正是風生水起的改革開放。

開放初期，文化產業高度集中於北京，文革時期強調對立與血性的廣播正音腔悄悄退下舞台，京腔的影響力也隨之擴大，廣電總局雖再三要求電視節目主持人說標準普通話，但很多地方台的節目為了體現生活化，主持人都憋出一口不鹹不淡的京腔。慢慢地，能說一口南城胡同腔的北京話，反倒成為另類的文化時尚。

而我的國語口音，直接點明我的出身背景：中南部、中低收入、中下階層。這種被識為「地瓜腔」的台式閩南語，才是我日常接觸的語言。在台北以江浙子弟為核心發展出來鼻音較輕，翹舌音若有似無的「台北國語」，碰上操「四聲七調」台語的南部子弟，我的台灣國語自然在許多人的耳中，既不高級，也不時尚。

你和我想的不一樣

第一天的拍攝結束後，製作人邀請我和幾位工作夥伴一起晚餐，經過一整天的合作相處，一開始的疏離冷漠不見了，酒過三巡後，大家的交流就更深入、更開了。

唯一保持風度和冷靜的，是在一旁默默喝酒的製作人，偶爾飄過來困惑的眼神，但大部分時間，都和周遭的夥伴保持一種友善、冷淡但不失禮的往來。

「你和我想的不一樣。」不知道何時出現在身旁的製作人，認真地看著我：「真的不一樣。」

「哦？怎麼說？」其實這奇妙的氛圍已經困擾了我兩天。「為什麼不一樣？哪裡和你想的不同？」

「你不是那種政治偏激、搞台獨破壞的人。」

「咦！」這下我真的懵了，「為什麼這樣講？」

「你不知道嗎？」製作人打開微博，指著畫面裡的網站，「這不是你嗎？」

我看著螢幕上跳動的光點，心中的疑雲逐漸散去。

這是一個以我個人名義「謝哲青」開設的微博帳號，有上百萬人追蹤關注，有些留言甚至有千萬人次點閱，但真正的重點，是它的內容，滿滿地是歧視、煽動、對嗆、開罵，集政治不友善與偏見於一體的「個人帳號」，當然，版主每次發表言論，就會引來激烈撻伐。

「這不是我的帳號。」我指著螢幕，「我在大陸，沒有任何官方與私人的新浪，或微博帳號。」

我的手指滑過一個又一個的脣槍舌劍，刷過一則又一則的攻訐辱罵，來自五湖四海，大江南北各式不堪入目、不堪入耳，問候祖宗十八代的親切用語，還有許多「哦！原來這樣也可以」的誣衊字眼，在微博帳號裡針鋒相對。

「其實，一開始提案要找你合作時，我是大力反對的。」製作人誠懇地指著微博帳號，「看看這裡就知道，不只是政治立場偏激，而且沒禮貌到了極點。」

我繼續刷著屏幕，研究微博裡的「謝哲青」。

「但這兩天相處下來，我可以確定，微博上的那個人不是你。冒用頂替的假帳號，在我們這裡其實還滿常見的，很多藝人碰過，這種事可大可小……」製作人握著我的手，語氣沉重地說：「你一定要好好處理這件事。」

脫離自我的自我

「柯瓦留夫一大早起來便醒來，伸個懶腰，吩咐僕人把桌上的小鏡子拿過來，想看看昨晚鼻子上突然冒出來的小痘子消了沒有……然而，讓他大吃一驚的是，鼻子不見了，原先鼻子所在之處變得一片光滑平坦。柯瓦留夫驚駭不已。叫僕人端上水來，用毛巾擦擦眼睛，再看一次，沒錯，鼻子不見了！」

通常來說，作家和藝術家要有點本事，才能擁有自己專屬的形容詞。天馬行空的「達利風格」（Daliesque），生動描述社會階層處境，以諷刺及同情的筆觸揭露資本主義罪惡的「狄更斯風格」（Dickensian），或是表達我們對官僚體系迷惘不安的「卡夫卡式」（Kafkaesque），乃至於對極權主義對自由開放社會的破壞，或專制國家藉由嚴厲執行政治宣傳、監視、故意提供假資料、否認事實和操縱過去的政策以控制社會的「歐威爾式」（Orwellian），只要你的作品鎖定在某種特殊風格或主題，並可以變成典型，就已經算是了不起的成就了。

就拿我私心偏愛的十九世紀文學家果戈里來說：「浪漫幻想與恐怖迷信交織，融合中世紀愚昧與科學樂觀主義，對人性弱點提出省思。」生於喜歡喝酒、吹噓，深信世界上真的有惡魔的小俄羅斯，果戈里是俄羅斯文學史上不滅的北極星。他怪誕又不按牌理出牌的文學風格，則被稱為果戈里式（Gogolesque），許多俄文系學生第一次讀到他的作品《鼻子》時，都一口咬定果戈里的精神有毛病。

故事就在八等文官柯瓦留夫驚訝發現鼻子不見，隨即進入超展開的奇幻劇情。失去鼻子的柯瓦留夫，只能無奈地頂著一張平板板的臉出門，沮喪間他看見「一輛四輪馬車停在大門前，車門一開，一位穿著制服的紳士彎身跳下馬車。快步走入教堂，柯瓦留夫驚訝不已，他一眼就認出來了，那正是他的鼻子啊！」更可惡的是，鼻子看起來非常體面，不僅比他有名氣、受歡迎，連官階職等都比柯瓦留夫高。不甘心的主角，先是鬼鬼祟祟地在鼻子附近徘徊，最後才鼓起勇氣上去攀談——

「先生……」柯瓦留夫小心翼翼地問道：「先生……」

「您……」鼻子轉身問道：「有什麼事嗎？」

「我覺得很怪異，先生……我認為您應該知道自己原本的位置才對。我竟然在這個地方找到您。」

想當然耳，既然有自己的意志，鼻子肯定是不認帳的。

「我完全不了解。」鼻子義正辭嚴地回絕：「請您提供一個令人滿意的解釋。」

在一陣奇妙的語言攻防後，柯瓦留夫仍然說服不了鼻子回到他身上。氣急敗壞之餘，只好先去報社刊登尋鼻啟事，但職員說：「不能啊！刊登這樣荒唐的尋鼻啟事簡直有損報格，何況不久之前，才有人假藉尋犬啟事來詆毀某部門主管。」

不甘心的柯瓦留夫又去了警局報案，但又被羞辱一番。警長告訴他說：

「值得尊敬的人都有鼻子，一個正直的人好端端地鼻子不會不見。」

是啊！好端端的鼻子怎麼會消失呢？對於果戈里，或者是說，對於平凡的我們來說，鼻子究竟代表，又意味著什麼？

對於平凡的我們來說，

鼻子究竟代表，又意味著什麼？

《舊約・創世紀》寫著：「耶和華用地上的塵土造人，將生氣吹進他的鼻孔，他就成了有靈的活人。」鼻子不僅是臉上一塊由軟骨建構起來的可笑形體，在古典藝術中它可是凡俗與靈光之間的神聖通道。小時候看卡通《北海小英雄》（小さなバイキングビッケ），聰明的小海盜小威動腦時，就會左右來回地摩擦自己的鼻子，最近因為漫威影集《汪達與幻視》而又被提起的《神仙家庭》（Bewitched），每當女主角想要施展她的魔法時，也會調皮地抽一抽鼻子。甚至是大家所熟悉的史酷比和史努比，在動歪腦筋之前鼻子也會抖動一下。這個動作等於是向觀眾宣告，接下來就是脫離現實的神奇時刻。

但在文學之中，鼻子往往扮演著奇特的配角，這是其他器官看不見它車尾燈的有趣紀錄。柯洛迪的《木偶奇遇記》中，鼻子是無比誠實的良心度量儀；在芥川龍之介的筆下，老和尚奇形怪狀的鼻子是虛榮的象徵；而《哈利波特》中重生卻沒有鼻子的佛地魔，就給我們非正常的恐怖感受，相反地，電影《傻瓜大鬧科學城》裡，科學家為了讓被殺害的領導者復活，只能從僅存的鼻子開始複製。

鼻子不僅是嗅覺的器官，也是道德善惡的秘密仲裁，是非對錯的警報系統，生命記憶的載具，更是我們個人顯而易見的自我證明。

回頭再看看果戈里小說離家出走的「鼻子」，或是脫離自我的生活，擁有自我意志與公眾生活的「名字」，我們該如何看待，那個「脫離自我的自我」呢？

忘記我是誰

第三天再進片場時，不知道什麼緣故，工作人員變得客氣有禮。對於我提出的問題、建議或請求，知無不言，言無不盡，而且使命必達。前兩天的陰霾一掃而空，空氣中流動著愉快明亮的樂觀氣息。我的「名字」自立門戶的故事，似乎有人跟他們說明了，也許是這一點，改變了他們對我的看法，這算是好事嗎？我不知道該如何評論。但有件事我可以確定，走出攝影棚後，在這擁有十四億人口的土地上，我仍然只是百度微博上的「謝哲青」，而不是攝影現場，實際上一起工作的「謝哲青」。

返台之後，我寫了好多信給網路百科及新浪微博，但至今仍沒收到回覆，也許我是Nobody，本來就人微言輕。最後，我只有在我個人臉書專頁上加上一條：

「除了本專頁外，本人沒有任何新浪、微博、推特或其他平台官方帳號。」

曾經有人告訴安提西尼（Antisthenes，蘇格拉底的弟子），雅典有許多人都喜歡他，對他讚譽有加，安提西尼則回答說：「為什麼？我做錯了什麼嗎？」他進一步指出：「眾人之見是最糟糕的意見。」在一個少數服從多數決的自由世界中，他的話聽起來格外刺耳。大眾的意見之所以不足採信，是因為眾人總是依賴直覺、情緒及習尚風俗來判斷，而非以理性為檢視依據。古希臘哲學家告訴我們，當我們「平靜地」理解社會上價值體系的扭曲後，最應該做的，是採取「智慧遁世主義」，揚棄捍衛名聲地位的幼稚心態，不必要為虛無縹緲的「自尊心」受損而沮喪。否則，我們就必須與每一位批評過我們的人決鬥，而且都要勝利才行。

我們因為大家的意見，變成 Nobody 或 Somebody，並因此感到開心或難過，在安提西尼的眼中，完全不符合哲學家的理想生活。同理可證，理想的旅行方式，也必然和個人名氣聲望無關。

我在海峽兩岸及韓國出版過幾本書，作品偶爾會擺在書店明顯的位置，雖然小眾，但仍有一群穩定、向心力十足的朋友支持。主持幾檔頗有能見度的節目，走在街上人們會投以友善問候的眼光。不過，只要來到國外，我就能回歸到二十多年前那個孤身上路，勇闖天涯的無名小卒。名氣或許打開某種方便之門，讓我有機會去認識、見識一般大眾不容易接觸的人事物，但在接受聲勢地位的加持時，對於伴隨而來的指指點點或不自在，同樣要概括承受。

有些人宣稱，旅行是可以感到「自己很特別」的外在形式。

仔細想想，年少時的放浪，我都有意無意地讓別人覺得「你很不一樣」。現在出門很低調，反倒是懷念無名時的自由自在。

一樣是追求「特別」的體驗，卻是朝兩個不同的方向進行。

出門旅行不再是「尋找我是誰」的漫長征途，而是暫時「想忘記我是誰」的逃離。

原來，在陌生的土地上成為陌生人，這也是旅行的目的與意義。

chapter 06

拒絕真相的人

鐵齒如我，有些事，說什麼都不相信，直到有一天……

「在我提筆寫下這段經歷的同時，彷彿又聽見傍晚所有的聲響在同一瞬間完全靜止，金色夕陽下鳥兒不再啼唱，美好時光也隨之消散無蹤。」

——亨利・詹姆斯《碧廬冤孽》（The Turn of the Screw）

因為某種緣分，我曾經暫住在關西奈良的大和郡山。

這是一座有點歷史的小城，巨大的城廓與護城河是此地的中心。交通也很方便，無論是近鐵還是ＪＲ都有經過，搭上環狀線去大阪也只要五十分鐘左右，到京都也是差不多的時間距離。對我來說，大和郡山是個好所在，有很多史蹟、博物館、古老的寺院神社，幾間青春洋溢的高中，還有我沒遇上的撈金魚大會。不至於太都市，也不會太鄉下，機能方便，生活品質也相當不錯。對於計畫待上一陣子的我來說，是再好不過的選擇。

我住在一棟名稱為「椿莊」（ツバキ莊）的三層建築，是一九七〇年代所興建的集合出租公寓。雖然在市中心，卻有一種年久失修的遺世感，斑駁的牆上爬滿了不明植物的枯藤，雨棚也鏽得厲害，搖搖欲墜的木造窗台，遠看就像是被廢棄的校舍。除此之外，也沒什麼好挑剔的，大致上，整體維持得還算可以，對於喜歡昭和時代復古風情的人們來說，椿莊微妙閉塞的懷舊感，才是人間天堂。

「不知道為什麼，常常跳電。」管理員就住在一樓走道的最裡面，旁邊就是通往各樓層的梯間。我去找他時，老先生用鐵絲將沾滿血汙的棉被密密地綑起來，「總之，電一會兒就正常，不用太大驚小怪。」

「垃圾分類要做好，哪天是回收日，自己要看清楚。」

「是。」

「這裡隔音很差，只要是會放出聲音的東西，最好用耳機。」

「了解。」

最後，管理員先生意味深長地看著我，「在這裡，除了燈火水電的問題外，不管發生什麼事，都不要來找我。」

我看著一樓外光禿禿的庭院，一時之間不知道該說什麼才好。

椿莊落成的年代，是日本近代景氣最好的時代，前途無量的經濟泡沫快速成長，滿懷理想的年輕人離鄉背井，到大都市來謀生，都會區房價貴得嚇人，在泡沫經濟破滅之前，光是東京市區的房地產價格加總，就超過全美的房地產總額，負擔不起都會區租金的社畜們，像大和郡山這類的二線城市，是最好的選擇。公寓的名字「椿」，其實就是山茶花，象徵著「理想」、「謹慎」與「奮鬥迎向勝利」的山茶花，可說是初來乍到的人們的心境寫照吧！或許，這片黃土庭院的過去，說不定也曾種滿了山茶花。

正因為椿莊不是在大都會區，所以租金很便宜，一次付兩個月只要四萬五千圓日幣，順道一提，當時家人租在栃木縣宇都宮市的１ＬＤＫ，每月租金就八萬圓日幣。

我心想，能住在這裡，真的是賺到了。

唯一讓我在意的，是室內床尾的前上方，看起像是人臉的汙漬。

「那個刷不掉，我們試了很多次。」管理員用一種很久沒好好睡的眼神看著我，「有人刷過漆，但沒多久後就會浮上來。」

我在房間換過很多角度，但總覺得……怪怪的。怎麼說呢？正對它的時候，有一種難以言喻的不自在，就像是又悶又熱的溽暑，被迫穿著溼黏衣物的不舒爽感。不過背著它時，又有一種「有人在看著我」的視線在室內游移。

我用文具店買的興福寺阿修羅海報，把它貼起來。但不知道為什麼，膠帶老是黏不牢，每天回到住處時，海報就會掉在地上。

大概一個星期左右，我開始注意到：

屋內偶爾有看起來像是手掌的印子，在茶几上，或門把上出現……

抽屜、衣櫃與壁櫥會無聲無息地打開……

浴室地板發現不是我的頭髮……

擺得好好的書本筆記會被動過……

東西會出現在它不該出現的位置……

每晚固定到某個時間，屋內所有的燈會同時閃個不停……

還有，偶爾會聽到，沒來由小小聲的「唰」，某種東西劃過空氣的奇怪聲音……

是白天工作太累了嗎？累到連自己做過什麼事都忘了？是屋子太老舊，所以狀況連連？有其他的原因嗎？或只是我想太多呢？

我當然也懷疑過，是不是有人進過房間？換過兩次門鎖後，奇怪的事依舊發生。集合式住宅出入本來就很複雜，空間也有各式各樣的聲音，甚至會以意想不到的方式傳導。

一開始以為是無關緊要的背景音，仔細傾聽，其實它一直都在，但不是無時無刻常伴左右的那種，而是當我背對汙漬時，稍稍注意，就會聽見那個奇妙的微小聲響。一旦在意起那個聲音，它反而變得更加清楚。

沒來由小小聲的「唰」，某種東西劃過空氣的奇怪聲音。

雖然不想承認，我開始覺得：這裡好像有其他東西存在。

漸漸地，我把屋內的鏡子都收了起來，收不起來的，就儘量不去看它，隱隱約約覺得，透過鏡子，好像會看到什麼不想看的東西。

我開始害怕，自己腦海中的想像。

未知的不安

「我記得最初的忐忑，心情像翹翹板一樣忽上忽下。」

一位年輕女子，接受豪門紳士的委託，以及「無論發生什麼事都不准打擾」的奇特要求，驅車前往位於英格蘭鄉間的貴族宅邸，擔任一對小兄妹的家庭教師。

這是本非常典型的哥德式小說：暗黑、混沌，糾纏不清。不過我第一次在母親的書架上發現《碧廬冤孽》時，還不知道什麼叫「哥德式」，只覺得這本書比《高老頭》、《情感教育》或《大衛．考勃菲爾》來得短小輕薄。

「我本以為自己要面對的是一片愁雲慘霧，因而心懷憂慮……」單身赴任的女教師，她的不安，很快地就被貴族豪宅幽雅的景致所折服，「沒想到迎接我的，卻是美好的驚奇……我記得莊園寬敞明亮的門面，潔淨可人的窗簾……茵綠草地與嬌豔花園……鳥兒在林間啁啾歡唱，這裡壯觀的景致，和我簡陋的老家有天壤之別。」

女教師在莊園中，見到了親切和藹的管家太太，以及「我從來沒見過如此漂亮的」小女孩。不過這份喜悅，被稍後的消息微微抹煞一下，因為不明原因，寄宿學校將小男孩退學。意料之外的是，男孩「沉穩、聰明善良、惹人疼愛，如天使般的純真」，讓女教師下定決心，要守護這對小兄妹幸福平安地成長。

在幾週的平靜時光後，女教師在豪宅周遭，看見一對陌生、臉孔不太友善的男女身影，更意外的是，豪宅中的這對迷人的小兄妹「彷彿」知道他們的存在，但總是視若無睹地做自己的事，「彷彿」他們不在那裡，只是女教師的錯覺。

經過了一番抽絲剝繭後，女教師意識到自己，也許太情緒化，太神經質，過度解讀自以為看到的一切，「他們會怎麼看我？我是不是想太多了？」這對迷人的小兄妹繼續以「淳厚的善意」與「美好的純真」安撫女主角，讓生活中「只有音樂、學業成就與愛」，隨著日子一天天過去，她心中的恐懼也一點一滴地被帶走。

然而，在這段風平浪靜的美好後，駭人事件又再度發生。

「雖然猶豫，我仍不得不大膽面對……這次事件挑戰了宗教信仰，雖沒造成我太大的困擾，就另一方面而言，卻讓我體驗到前所未有的驚嚇。現在想想，這件事無異是折磨，是痛苦的底線……」

透過女教師的獨白，作者為讀者鋪下通往不安未知的道路。

無盡的虛空

這天下午，早早就收工沒事，我沒什麼特別計畫，總覺得心神不寧，心中湧現陣陣莫名的寒意。我回到椿莊，位於三樓走道盡頭的住處，打開門的瞬間，我「以為」看見一名男子的身影，快速地飄向左側，並且消失在視線中。我衝了進去，很快地看了一下，當然，除了屋內原有的擺設外，什麼都沒看到。

「剛剛有人上去嗎？」我在下樓的梯間，遇見手拿日光燈管的管理員先生。

「只有你……」他不耐地看著我，「我整個下午一直坐在管理室。」

我回到房間，看著牆上那團曖昧不清的汙漬，是錯覺嗎？總覺得臉的輪廓越來越清晰，看起來就像是個……男人的臉。海報呢？怎麼不見了？

我用紙箱膠帶及報紙，將汙漬遮了起來。

到了晚上，朋友T帶著女兒小綠來找我，本來也只是很普通的家庭聚會，但小綠進到室內後，卻一直盯著汙漬上方，一下子開心地笑，有時候則動也不動地呆望。

「聽說，寵物和小孩子，會看見大人看不見的東西……」T拿起杯子，煞有其事地繼續說道：「有時候，我也會被小綠嚇到。」

「幹嘛現在講這個？」

「小綠常常告訴我，看見奶奶回來，坐在客廳。」

「哦！」我看著望向天花板的小綠，「然後呢？」

「奶奶已經過世二年多。」

「真的！那你怎麼說？」

「我會問小綠：那妳有跟阿嬤講話？」T又喝了一口酒，「小綠說：有！阿嬤不喜歡你帶回家的短髮阿姨……你知道嗎？小綠從來沒見過由美。」由美就是小綠口中的短髮阿姨，在附近居酒屋工作，個性還算不錯的開朗女生。

「我沒告訴由美，但從那天後，我就沒帶她回家了。」

我和T繼續談著不痛不癢的話題，自始至終，小綠都看著牆上的報紙，以及上方的那片虛空。

chapter 06

拒絕真相的男人

雖然不想承認，我開始覺得：
這裡好像有其他東西存在。
我開始害怕，自己腦海中的想像……

看不見的東西

為什麼大多數人會相信，有看不見的東西棲身在我們之中？這種相信有意義嗎？還是有其他我們尚未察覺的功能呢？

美國心理學家傑西．貝林（Jesse Bering）與他的團隊做過一個有趣的實驗。讓一群學生在某個建築內做智力測驗，而且貝林還故意將現場及測驗，設計成想作弊時就能作弊，研究人員則在暗處偷偷觀察、記錄學生作弊的過程。唯一不同的，實驗同仁事前隨機挑選幾位同學，告訴他們這幢建築曾經發生過「不好的事」。結果正如貝林所想一樣，知道考場發生過超常事件的同學，「幾乎」不會作弊。

藉此，傑西．貝林提出一項有趣的假說：

「所有超自然的存在，目的是讓人類覺得『自己受到監督』，從而塑造一個更有約束力、更穩定的社會。」

但如果真的像傑西．貝林所假設：「超自然使我們更道德」，那也不能涵蓋其他讓我們害怕的事情，如果「它們」充滿惡意，那該怎麼辦？這可不是「我可以變成更好的人」就能夠解決的事。

在《碧廬冤孽》中，只有女主角看得見的陌生男女，正是我們對純粹惡意的投射與疑問：他來這裡做什麼？是不是我們身上有他們想要的東西？如果只是單純地想傷害人，那他們只給想傷害的人看見嗎？

亨利．詹姆斯透過模稜兩可的寫作技巧，以第一人稱視角貫穿小說，沒有議論評註，也沒有心理分析，故事遊走於可用邏輯解釋的理性現實，與難以置信的超自然現象之間，作者在字裡行間，一直向讀者透露某種訊息：

我們所感知，或以為的「現實」，真的發生過嗎？

二〇一二年，來自英格蘭劍橋的認知心理學家克利斯登．巴恩斯（Kirsten Barnes）與尼古拉斯．吉布森（Nicholas JS Gibson），在共同發表的論文中特別指出：「高度敏感能動作用檢測機制」（Hypersensitive Agency Detection Device，簡稱HADD）是讓我們在最無意義的感官刺激中，也能賦予故事與價值。

科學家隨機抽取幾個有顏色的幾何形狀：圓形、三角形、正方形，讓它們任意地碰撞、重疊、連結、進進出出……然後將它們拍成影片，再播給大人與小朋友看。測驗人員發現，無論男女老幼，在影片結束後，在敘述這些幾何形狀時，都會加油添醋地填補上「情節」：大圈圈欺負小方塊，三角形出現後擊敗了大圈圈，從此過著幸福快樂的日子……大圓和小方是一對情侶，後來三角出來搶走了小方……圓形和正方形是對相依為命的母子，後來正方形和三角形共組家庭……我們傾向將偶然與巧合，在意識中重新組裝拼貼成「有意義、可接受的故事模式」的敘事本能，正是人類文明演化的分水嶺。

無論是詩歌、戲劇、小說，還是日常中的瞎扯閒聊，只要透過「故事」，就能點出隱藏在複雜表象後的生命真相。

當然，讓自己擱淺在故事中，則又另當別論。

塞萬提斯筆下的《唐吉訶德》，就是把小說當真的悲劇角色，法國文學家福樓拜小說《包法利夫人》的艾瑪，則是另一種典型，只不過她相信的，是「癡男怨女的愛情故事……昏闇的森林、紛亂的心、山盟海誓、眼淚與絮語、呢喃及親吻……每座孤亭都有落難貴婦被撲倒，每一頁都有疲於奔命的馬匹……」由激情與欲望建構出來的幻想世界。

艾瑪的婆婆深信媳婦病了，原因就是那些低級煽情的愛情小說。嚴格來說，艾瑪的心病，源自於從小對愛情的浪漫幻想沒被滿足，因而對婚姻失望。她渴望更強烈的感受，更濃郁的回饋，這種憂鬱煩悶，直到她的第一位秘密情人出現才得到緩解。

「『我有情人了！一個情人！』想到這裡，她不禁心花怒放，彷彿是第二次成為女人。她終於品嘗到愛的歡愉，那早已沒有任何期待的幸福狂喜，飛升至心醉神迷的愛情天堂之中……此時，她想起曾經讀過的浪漫故事中，那些初嘗禁果，或紅杏出牆的女主角們，激情澎湃的秘密生活……艾瑪想像自己是用情至深的奇女子，終於，她也成為這個世界的一分子，一償多年夙願。」

荒廢家務，漠視家庭責任，用錢揮霍無度，艾瑪被婚外情沖昏了頭。她的婆婆想方設法地要終結不幸，其中最重要的，就是「阻擋艾瑪看小說」。

說故事的人

我們透過現實創造故事，同時，故事也形塑著你我的現實。

數學、自然科學或邏輯辯證，無法解決我們在生活中所面臨的種種「不確定」，尤其是資訊焦慮，快速變化的今天，只有「故事」，可以讓我們找到安身立命的方式，出色的敘事者往往在社會群體中占有中心的位置，看看那些政治人物、企業家、文學家或媒體名嘴，他們的陳述，幾乎左右了社會群體的動向，也難怪美國哲學家華特・費雪（Walter Fisher）將我們人類的學名Homo Sapiens（智人）變成Homo Narrans，意思是「說故事的人」。

說故事的人為了挖掘最黑暗的傳說，最晦澀的過往，穿過伸手不見五指的密林，登上連骨肉至親都顧不了的險峰，走進最偏遠的村落，只為了把最驚悚懸疑的故事，帶到這個世界，從這點來看，奈良是探索古代神話、鄉野傳奇與文學典故的好地方。三步一軼聞，五步一故事，似乎日本的神與怪，都約好在這裡碰面。到處都是巨大古墳、名字很難唸的神社，奇怪的紀念碑，而且都發生過毛骨悚然的事件，西方文明對日本文化中到處都是「靈」的現象十分感興趣，從小泉八雲開始，學者就努力爬梳日本陰暗的過去，他們的結論也很驚人，那就是：在日本列島，靈的力量遠遠凌駕於神明之上。

趁著工作空檔，我就到周遭走走逛逛。

「這裡供奉的是誰？」我站在南都鏡神社的入口，抬頭欣賞古意盎然的鳥居，青空下，新塗的朱紅顯得更加耀眼。

「是天平時代的藤原廣嗣……」T指著旁邊的販賣部。「我和小綠在那邊等你。」我發現，除了祈求錢財與強運的神社外，T對其他的神社都敬而遠之。

「我們奈良人不太去這些地方……」T的眼神又飄走了，「你自己進去就好。」

在政爭、戰亂、天災與瘟疫頻仍，高死亡率的中世紀，朝不保夕是大部分人的生存寫照。祭祀往生者，安撫祂們躁動不安的靈魂，是當年日常裡極其重要的大事。尤其是在政爭內亂中，下場悽慘、怨氣沖天的失敗者，「鎮壓」是終極的解決方案。因為這些貴族的亡靈不能被消滅，只能把祂們暫時關在某個地方。結果，曾

無論是詩歌、戲劇、小說，還是日常中的瞎扯閒聊，

只要透過「故事」，就能點出隱藏在複雜表象後的生命真相。

我們透過現實創造故事，

同時，故事也形塑著你我的現實。

經是中世紀政經中心的奈良地區，到處都是御靈、怨靈與幽靈的棲身之地。除了鏡神社裡的藤原廣嗣外，五條市御靈神社供奉的井上內親王、崇道天皇社的早良親王，還有奉祀在京都下御靈神社的伊予親王、藤原夫人、文大夫與橘大夫，這都是傳統神道教中「御靈信仰」的基礎。

但真正讓人害怕的，恐怕不只是這些貴族御靈們而已，《源式物語》中的六條御息所，才是高等級加外掛的大魔王，她是光源氏的初戀情人，也是情路坎坷的癡情女子。說六條御息所是日本文學中最特別、最曖昧的角色一點也不為過。她的人生，活脫脫是《後宮甄嬛傳》的年世蘭，或《如懿傳》與《延禧攻略》繼皇后的翻版，只不過六條御息在精神恍惚時「魂」會出竅成「生靈」，去騷擾光源氏的元配葵之上，葵之上還因此難產身故。即使往生後，六條御息所仍繼續化為怨靈糾纏紫之上與女三宮。

可怕歸可怕，六條御息所卻非常受到藝術家與民眾的喜愛：傳統謠曲中的《葵上》、《野宮》，上村松園的畫作《焰》，以及三島由紀夫的《近代能樂集》，都可以看見這位嫉妒心殺人，內心憤恨不平的怨靈。

我在鬧中取靜、環境清幽的鏡神社，享受片刻的寧靜。

「這裡真好，一個人都沒有。」

「咦？」T和小綠看著我，「那剛剛跟在你後面的人是誰？」

心理瑕疵

我把當初和仲介簽定的租賃合約翻出來，仔細閱讀契約上的條款，一般來說，房東具有告訴房客買賣租賃該物業有知「瑕疵」的義務：漏水、壁癌、結構老舊所造成的損壞，還有，「心理上的瑕疵」。

所謂的「心理上的瑕疵」，從物業周遭的宗教機構、黑道會所，到化學工廠與垃圾回收站，都是讓我們「有疑慮的」設施。但更關鍵的包括火災、水災、地震，或其他非自然、非正常致死的事件，也要納入「有心理瑕疵」的事前告知。

「你租的房間沒有發生過自殺事件，也沒有任何形式的死亡……」仲介急著掛電話的不耐，好像要趕著去某個地方，「我可以保證，你的房間很安全。」

的確，合約上有載明「無心理瑕疵」，而且我還去查了在地報紙，也沒發現什麼嚇到吃手手的事實，但為什麼我還是如此不安呢？

其實也沒那麼重要，因為短期租約即將到期，再過幾天，我就要離開了。

最後一晚，要打包裝箱的、該回收處理的，以及隨身帶走的，大致都處理得差不多，我洗過澡後，就直接撲倒在床板上，沉沉睡去。

一點。

一點半。

二點。

……………

不知道過了多久，我又聽見「唰……唰……唰」的聲音，在空蕩蕩的房間內迴盪。細微，但異常清晰……

唰……唰……唰……

唰……唰……唰……

唰……唰……唰……

蹦的一聲，好像有什麼東西斷掉。我嚇了一跳，但仍閉著眼睛。

我聽見床頭有喀啦喀啦的聲音，正緩緩地向我靠近。

我明確地感覺到，有什麼東西躺在我的旁邊，靜靜地，沒有任何聲息……

此時，有東西冰冰涼涼地，輕輕地按在我胸前的手上。

我不敢翻身，不敢睜開眼，不敢起來，也不想知道身旁發生了什麼事。

我知道，自己是清醒的。

直到隔壁開門外出的刺耳鑰匙聲響起之前，那冰涼的手感，一直搭在我的身上。

野性的呼喚

不要再相信動物星球頻道的狗班長或寵物心理師，

動物的世界，充滿驚奇……還有驚嚇。

時間是晚上十一點多，地點是烏干達西南部，以生態多樣性聞名的伊莉莎白國家公園，對於熱愛生態旅遊的旅人來說，除了東非壯觀的動物大遷徙外，這裡是非洲最棒的生態保護區。

從首都坎帕拉開車過來，大約需要七小時的顛簸。兩天前，我和一群來自美國及澳洲的遊客在伊沙沙（Ishasha）會合，一同近距離觀察地球上碩果僅存，喜歡攀爬在金合歡與無花果樹上的樹獅（Tree Climbing Lions），接下來的行程，是朝惡名昭彰的卡辛加河道（The Kazinga Channel）移動，搭乘看起來不甚可靠的雙層河輪，前往住滿鱷魚與河馬的喬治湖。

在酒精與營火的催化下，經營龍蝦捕撈賺錢的鬍子大叔、一身勁裝，投資網路科技身家翻倍的德州女郎、在澳洲擁有四分之一快遞通路，全身刺青的火爆肌肉男……每位遊客都眉飛色舞地講述自己的人生經歷。在席間唯一沉默的，是坐在槍架旁，靜靜整理點５０５快速步槍（.505 Gibbs Rifle）的鮑德溫先生。

打從維多利亞時代就遷居非洲，轉戰過尚比亞、波札那與羅德西亞的鮑德溫家族，本身的故事就相當精采。像鮑德溫先生這樣經驗豐富，領有非洲多國職業狩獵執照的獵師，更是團體深入險地時必須的守護神。老大哥對外面世界多彩多姿的金錢遊戲沒有太大的興致，大夥酒酣耳熱的時候，他總是警覺地望向黑暗，彷彿那裡有什麼東西，隨時會衝出來似的。

「Beware, All the time.」渾身散發出非洲炙烈陽光氣息的鮑德溫先生，最常對大家說的，就是這一句：「You never know what will happen next.」

道過晚安後，我和鮑德溫先生沿著愛德華湖畔，走回營區最深處的小木屋。出發前，老大哥還特別檢查了槍膛，確認彈藥裝填無誤後才動身。這一晚沒有月亮，連星光也很稀微，天暗下來後，真的是伸手不見五指，除了頭燈及手電筒照得亮的地方外，我們被懷有惡意的黑暗，重重包圍。

鮑德溫先生叼著菸，將獵槍背在右肩後側，左手則在獵刀與萬寶路之間游移。我則走在他後面三公尺的地方，空氣中迴盪著許多不曾聽過，但絕對令你雞皮疙瘩掉滿地的聲音：嘩啦嘩啦的是由遠而近的鱷魚划水聲，陰陽怪氣的笑聲是豺狼的嗥叫，偶爾參雜幾聲淒厲的長嘯……我猜，就連希區考克都想不到這麼恐怖的電影配樂。

「如果發生什麼意外，第一件事就是跑，用力地跑，竭盡所能地跑……」鮑德溫先生的叮嚀還在耳邊，感覺有什麼事正要發生。

突然間，一陣奇特、飽含水氣的粗重鼻息自左側的長草叢中傳來，草木被壓斷的噼啪聲在黑夜中格外刺耳，像是有台小貨卡朝我們衝過來。我和鮑德溫先生心知肚明，那個在黑暗中移動的龐然大物是什麼，老大哥快速地就射擊姿勢，左手則示意我將手電筒的光稍稍壓下，不要直射進草叢。我感覺到自己心跳加速，體溫上升，連不常有反應的手心都開始發汗……

像是一記沉悶的爆炸聲，一頭比小貨卡更大的河馬衝進我和鮑德溫先生之間，嚇得老大哥和我都叫了出來，牠粉紅色的獠牙大口，像是活生生的地獄之門。

「RUN！」我聽見老大哥的命令，想都沒想地使勁朝營地奔跑。就在我轉身的同時，聽見兩聲槍響，顧不得手電筒及頭燈，黑暗中，我沿著步道衝刺狂奔，從營區方向，另外兩位獵師也拿著槍衝了出來。驚魂未定的我，攤開不知道被什麼東西割破，鮮血淋漓的雙手，伸手將刺一根一根地拔出來。嚮導及營區工作人員趕緊跑了過來，又是慰問，又是處理傷口。

「鮑德溫先生呢？」我探出頭來，看看周遭：「有人看見鮑德溫先生嗎？」

從咫尺以外的黑暗中，有三道模糊的身影朝我走了過來。

撿回一命

圓圓胖胖的臃腫身材，一口滑稽可笑的小圓牙，卡通習慣將河馬描繪成穿芭蕾舞裙，呆笨憨直的可愛模樣。動畫《馬達加斯加》中搔首弄姿的河馬莉（Gloria），更加深了牠人畜無害的印象，除非牠坐在我們身上，否則應該不會有什麼危險才是。事實上，每年非洲都有近千名受害者因為輕忽河馬的致命性而罹難。

嚴格來說，河馬不會游泳，而是在水中行走、奔跑，牠的希臘文學名Hippopotamu，意思就是「河中之馬」。或許，牠圓滾滾的體型看起來像會走路的花生，但這並不代表行動遲緩，隱藏在厚實皮膚之下的不是脂肪，而是滿滿的肌肉。噸位重、力大無窮，成年的河馬幾乎沒有天敵，持獵槍的人類算是例外中的例外。也許不懂事的小河馬會被成年巨鱷拖走，但這並不影響牠河中霸主的江湖地位。除了渾身蠻力橫肉、厚皮硬骨外，極度缺乏安全感，才是讓牠變得危險的主要原因。一般來說，河馬具有強烈領域性，任何侵入地盤的生物都讓牠緊張不已，這也是牠們攻擊人類的主因之一。當牠感到威脅時，就會像街頭混混一樣亮出傢伙，河馬張大嘴巴打哈欠的討喜模樣，其實牠是在警告大家：「我很不爽了。」

另外一件河馬的恐怖兇器，是牠無比醒目，估計可以放進一張十二人團圓桌的大嘴。包括我在內，很多人都想不明白：為什麼河馬可以把人「咬成兩半」，而且是切口整齊的一分為二。三公尺長的尼羅鱷辦不到，巨獅、鯊魚、發情期的棕熊也沒這種本事，但一頭心情極差的公河馬就是有辦法。

見到死裡逃生的鮑德溫先生，我才意識到自己的害怕，雙手不自覺地抖個不停。我和老大哥擁抱，慶幸彼此都逃過一劫。

「這個季節……」兩天後，我和老大哥在喬治湖旁的營地，看著像是被火燒過的紅霞，談起那晚發生的事：「其實很常見。」

河馬在求偶期的打鬥，可不是什麼點到為止的君子之爭，我後來就在卡辛加河道親眼目睹公河馬爭風吃醋的狠勁，兩敗俱傷算是最好的結果，因為勝負往往非死即殘，過程之驚心動魄，連金剛與哥吉拉也要列席觀摩，這種打鬥一般都發生在水中，現場往往是血海一片。但無論是戰勝或打敗的一方，都是傷痕累累、渾身疼痛，如果這時候誰擋在牠的路上，肯定是「逢祖殺祖，遇佛殺佛」，沒弄死對方絕不善罷甘休。

「攻擊我們的那隻河馬，背上及下巴各有兩道還冒著血、長長的傷疤……」老大哥啜一口威士忌，看著天邊即將消失的酒紅。「差一點點，就差那麼一點點。」

當晚河馬衝出來後，先是朝著我衝過來，但不知道為什麼，突然轉頭奔向鮑德溫先生。最近的時候，河馬和老大哥只有一米八的距離，就在那短短的空間，鮑德溫先生共擊發了二槍，一發擦過河馬的下側，另一發「幸運」穿過嘴巴，從裡面打碎牠的背脊，無論是我還是老大哥，命都算是撿回來的。

「如果沒有打中呢？」晚餐的鈴聲響起，我和老大哥同時起身。

「如果沒打中……」鮑德溫先生豪邁地吞下最後一口21年威士忌。「那麼，今天我們誰都沒辦法吃晚餐了。」

對立的界限

人類為什麼想觀看其他動物？了解牠們如何覓食？怎麼睡覺？如何繁衍後代？懂這些事，會讓我們的生活更加美好嗎？套句後現代主義哲學家唐娜・哈洛威（Donna Jeanne Haraway）所說：

「我們擦亮動物的鏡子來尋找自我。」

（We polish an animal mirror to look for ourselves.）

我們真的可以在喜歡撒嬌的馬爾濟斯、我行我素的暹羅貓，或醜不溜丟的裸鼴鼠身上，見心明性，看見從沒發現的自我嗎？如果我們和動物易地而處，會意識到自己因為「生而為人」的優越自大而感到羞愧嗎？

這讓我想到卡夫卡，你大概沒想到，卡夫卡是近代書寫動物最多的作家之一。在他為數可觀的中短篇小說，動物們可能是主角、故事發展的重要關鍵、輔助性的次要角色，或只是象徵比喻。這些動物多多少少，都有作家顧影自憐的身影。卡夫卡就寫過自己「孱弱、卑賤、無能，像是一隻可悲的鼴鼠，只能躲在暗無天日

「人是萬物之靈」也只是不切實際的幻想，
人類和野獸，文明與未開化，
之間的界線並沒有我們以為的那麼清楚。

的洞穴中，過著見不得人的生活」之類的話。

在小說《致某學院的報告書》中，卡夫卡讓一隻會說人話、名為「紅彼得」的黑猩猩做為主角。牠首先向學院表達感激，表示為自己能受邀至學院發表報告而深感榮幸，同時也為自己不記得猿猴時期的記憶致上歉意。接下來，紅彼得分享了牠所學的第一件事，「就是握手，握手意味著坦率、誠懇……今天，正值我生涯發展高峰之際，我樂意坦然地談談那第一次握手的情形。」

接著牠開始向我們講述身世：原本住在黃金海岸，在溪邊喝水時被捕捉上船，在籠中掙扎的牠，突然意識到「要活下去就一定要找到一條出路，但出路絕不是靠逃跑就能獲得」，牠講到只有變成人，才是唯一的辦法。不過要怎麼變成人呢？船上忙進忙出的水手，正是牠模仿的對象。不過紅彼得也說到這些人和牠沒太大的差別：粗暴、笨拙、低俗、沒有教養、態度極差，但只是因為他們會講話，所以他們在籠子外的自由世界，黑猩猩則關在籠內。

卡夫卡透過黑猩猩的視角，再三強調「變成人沒有比較優越，只是出路比較多而已」。為了活下去，牠學人類吐痰、抽菸、打飽嗝、摸肚皮、喝酒……尤其紅彼得醉後的瘋言瘋語，讓船長及水手們終於把牠「視為我們的一分子」。

但如果只是這樣，那也只是馬戲團或動物園的丑角明星而已。覺得自己不該只是玩物，紅彼得聘請了家庭教師教牠「成為人」的知識素養。在痛苦的學習後，牠感覺到「猿猴的天性滾動著離我而去，消失得無影無蹤」，同時「我的進步一日千里！知識的光芒從四面八方照進我開化的大腦……我付出了世人所沒有過的努力，使我獲得了歐洲人具有的一般文化水平。這件事本身似乎不足掛齒，但又有些許非比尋常，因為正是它幫助我走出鐵籠，為我開闢人生之路」。

透過卡夫卡一針見血的苛刻，一語道破「人是萬物之靈」，也只是不切實際的幻想，人類和野獸，文明與未開化，之間的界線並沒有我們以為的那麼清楚。

未知的遠方

旅行中和我們有密切聯繫的動物，大部分是「坐騎」或「馱獸」——牛、馬、羊、驢子、騾子、大象、駱駝、犛牛、極地的雪橇犬、馴鹿，南非的鴕鳥與安地列斯山的羊駝。這些經過長時間的馴養後，在人類生活出現似乎也頗自然的。正因為牠們和我們的互動更親近緊密，當然也帶給我們更多的體會。

我在二〇二〇所出版的《穿越撒哈拉》中，分享了我和駱駝之間的恩怨情仇。總是若無其事地反芻草秣、打嗝、磨牙、放屁的駱駝，算是看不起人的動物之最，只要和牠們相處過後，你就會了解，駱駝真的是喜怒形於色的直性子，開心時會踩著輕快的小碎步行進，起床氣和心情糟時會跺腳，或步履蹣跚地拖行。捉弄人時會奸笑，不屑時會朝你的臉吐口水，吵架輸了會哭泣，就算是吵贏的那隻心情也會莫名地差，不想理人，然後幾小時悶不作聲地向前衝。如果坐在上面的騎士是這隻駱駝喜歡的，牠也會挺直背脊，表情不可一世，大步大步地向前邁進。反過來，不得緣的騎士，能讓駱駝都看起來愚蠢、呆滯、遲鈍且無精打采。

大象則是另一個獨特的存在。無論是非洲草原象、非洲叢林象或亞洲象，牠們都是現存於地表最大的動物——順道補充一下，依次是象、犀牛，還有河馬。面對這些個性稍差的巨無霸時，無論如何，心懷誠敬是一定要的。有泰國旅遊經驗的朋友，相信你對大象學校裡吃花生、畫畫、算算術，還會幫人按摩、脾氣溫和的小象印象深刻。但如果有機會去安哥拉、剛果、尚比亞或坦尚尼亞，和象群近距離接觸，你很快就知道馴象與野象的差異。尤其是牠們不喜歡你的時候，那真是讓人膽戰心驚。

在非洲旅行，幾乎每個國家都有關於恐怖大象的都市傳說，多到我以為有一四五〇在為牠們宣傳造勢。直到我在波札那，親眼見證被大象蹂躪的村莊，才知道大家言之鑿鑿的威脅是真的。

那是位於喬貝國家公園（Chobe National Park）外圍的小村莊，一個約莫有五、六百人，稍具規模的村落。就在我搭車抵達前兩小時，一隻發狂的大象突然闖入，首當其衝的是一名行走不便的老太太——

「牠的鼻子伸過來，捲起老太太的大腿，然後把她甩到牆上……兩三次。」餐廳廚師指著半個街口外土牆上的血跡，我除了驚訝，不知道該說些什麼。

「她的兒子看到媽媽被大象捉住，衝過去，結果……」廚師用腳比了下不遠以外的水桶，「現在他被裝在四個水桶，放在警察局。」

「但這不是最可怕的。」廚師告訴我，在村尾住著一家六口的小矮房，這天下午，爸爸媽媽都出門工作，家裡只有姊姊和兩個弟弟，「結果，大象撞進屋子時，小孩都在睡午覺，牠用鼻子一把捲住姊姊，然後像丟球一樣將她拋過屋頂，然後跑到另一邊，要在落地之前用鼻子把她打出去。」

我們加滿油後，司機看著滿目瘡痍的街道，幽幽的，像是說給自己聽一樣：「我的村莊也是這樣被毀的。」

當地人稱這種暴徒象為「ＫＡＬＩ」，意思是兇狠的、無情的。暴徒象只要看到人，或只是聞到人味，就會兇性大發。通常這類大象都有很嚴重的心理問題：在象牙盜獵者槍口下逃過死劫，因為地方局部性的象口過剩，在政府軍圍剿下倖存，甚至棲息地被人類占領，都是讓大象變得偏激的原因。

「那大象呢？」我問道：「現在在哪？」

「在政府的人趕到以前，牠就跑進樹林，和象群混在一起。」一邊發動車子，司機一邊調整後視鏡，「現在，走這段路有危險，不知道何時ＫＡＬＩ會冒出來。」

通常，人們從ＫＡＬＩ身上發現不該在牠身上的東西：鋼釘、瓶蓋、鐵絲、碎鉛片，以及各式各樣奇形怪狀的破銅爛鐵，資源匱乏的盜獵者，往往異想天開地製造兇器，有些真的致命，但大部分土製彈藥只能造就傷口，不一定能殺死目標，當這些碎片卡在大象身體時，就會造成持續性的疼痛，大家有牙痛的經驗嗎？這種痛不可耐的肉體折磨，再善良的生物也會變成脾氣超差的暴徒流氓。有很多ＫＡＬＩ因此精神失常，往往殺了很多人後才被捕殺處決。

離開村莊大約二十分鐘後，車子來到一片長草叢與灌木混合的林地。在車右側方向約二十公尺外，我看見有個巨大的影子在樹蔭處晃動……

「是大象。」

「哦不！是牠！」

就在司機踩下油門的同時，我聽見樹林傳來高分貝、尖銳的叫聲，像是有人將蒸汽管風琴的鍵盤全部按下，然後朝著吉普車衝了過來……

「快呀！快呀！」全車的人都用吼的，恨不得自己就是司機，使盡洪荒之力踩下油門。

幾天後我們才知道，這隻ＫＡＬＩ並沒有受過太多傷，牠發狂的原由是因為——

喝、醉、了！

沒錯，牠喝醉了。要知道大象的消化道十分地冗長，就連玉米、小麥等五穀雜糧都可能在消化過程中發酵成酒精。在灌木叢中不時會發現的非洲漆樹，它的果實因為甜度高，往往在樹上就開始發酵了，別以為只有人類才熱中喝個爛醉，實際上有很多動物也發現乙醇帶來的樂趣，就算果實在樹上沒有熟透發酵，被大象吃進肚子裡有很高的機率會轉化成酒精。走路跌跌撞撞、愛吵架、欺負小象算是正常狀態，萬一碰到酒品差、精神有問題的，就會釀成慘不忍睹的悲劇。

後來，我和鮑德溫講這件事，他抽著菸斗，若有所思地看著遠方。

「這就是非洲，什麼都會殺人，什麼事都會發生。」

chapter 08

除了死，其他都只是擦傷

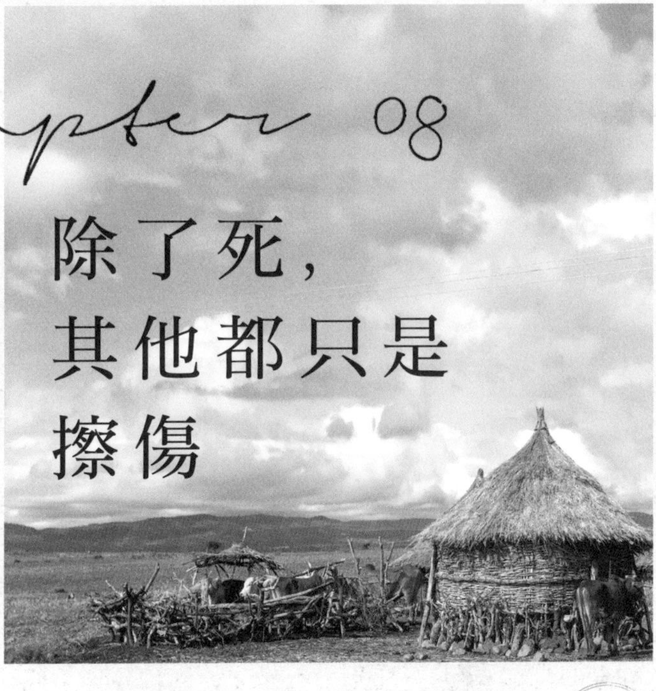

所有平安的旅程都是大同小異的，

但不幸的旅程各有各自的不幸。

某次演講後座談，一名高中生拋出一個有趣的問題：

「請問，您外出旅行時，會做筆記嗎？會選擇特別去記錄哪些事？忽略哪些事嗎？決定哪些事應該記得？哪些不用？或者，有特定某類型的事會印象深刻？」

這真是個值得好好思考的問題啊！基本上，即使我們身處於同一個目的地，進行相同的旅程，每個人的回憶，還是會有所出入。你所記得的，可能是街角小販的咖哩魚丸，但我會想起旁邊書報攤上，擺放的雜誌封面。真的有去刻意記得某些事嗎？實際狀況應該更像是「大部分留存在記憶裡的，都是些無關緊要的小事」。

沒有特殊的記憶點，也沒多大的意義，簡而言之，純粹就是記得而已。

與其說，是我選擇了記憶，倒不如說是，記憶選擇了我。

記憶擁有多種特性，其中之一是哲學家所謂的「時間性」（Temporality）——一種對時間的內在知覺，它蘊含著某種「可以從經驗裡召喚新意義」的能力。所以，即使有兩個人對同一事件擁有完全重疊的視角與記憶，但事件仍可能賦予兩人截然不同的意義。

有趣的是，人對時間的意識並非一成不變，最簡單的例子，哲學家們就觀察到，對於年輕人來說，人的一生似乎有點漫長，但只要跨過某些年齡門檻，時間感會隨著人變老而壓縮。以至於很久很久以前的事，在資深公民們的心中，彷彿是昨天才發生一樣。

（現在的我，已經有這種感覺了。）

至於事件會不會儲存成記憶，極度取決於它的「脈絡」。大腦不會因為我們主觀地認定何者重要？哪個不重要？事情就能清晰地寫進記憶之中。例如九九乘法表，拉丁文動詞變化或元素週期表，雖然很重要，但怎樣都背不起來，而且考完試就忘了。

人類的記憶，主要目的並不在於儲存資訊，記憶之所以，在於它能以某種形式幫助我們了解及預測周遭事物，唯有讓我們預測未來可能會發生事件的資訊，才是有用的記憶。這裡所謂的「脈絡」，就是現在與未來之間若有似無的聯結，關於大腦這方面的運作方式，像是一部被深鎖在黑暗無聲密室裡的超級電腦，它不曾，也不會直接和外界接觸、互動，以後也不可能會有這種經驗，即使到了今天，我們對它仍然所知不多。總之，記憶是一種很玄的東西，總以它神秘的方式銘刻在我們心底。

話說回來，旅行是許多人選擇創造回憶，或逃避回憶的外在形式。形單影隻地漫遊、小兩口浪漫、一夥人狂歡，重大變故後的出走，想要為彼此「多留些什麼」的念頭……還有太多的可能，都是我們離開家的理由。而創造「美麗的回憶」似乎是出門最好的藉口，許多人把它視為我們人生最重要的無形資產，因為旅行，我們有機會變得「更棒」、「更出色」、「更不一樣」，成為更好的人，所以人類花大把鈔票，將自己放在陌生與無知之中。

不過，一直待在家，我們就不會變成更好的人嗎？

至少，我們可以這麼想像，旅行也好，待在家也罷，都不致讓我們成為更好，或更糟的人。

寫作也是一種旅行

以我個人的經驗，寫作也是旅行，一種在回憶或想像裡山遙水遠的精神跋涉。

基本上，我先是個旅人，然後才成為作家，但除了形式不同以外，內在歷程卻十分相似，即使在自己筆下創造出來的世界，無論是書寫還是再次閱讀，都具有某種疏離的既視感：那是我，又好像不完全是我。

這正是所有旅人面對回憶時的反應。

借用托爾斯泰在《安娜・卡列尼娜》最為人傳頌的那句話：

「所有幸福的家庭都是相似的；不幸的家庭則擁有各自的不幸。」

用我的話來說：「所有平安的旅程都是大同小異的，但不幸的旅程各有各自的不幸。」交通誤點、遺失重要東西、不理想的天氣、狀況百出的飯店、不友善的對待……這都是旅行中常見的突發狀況，但是遠遊時所遭遇的傷病疼痛，似乎會讓旅行的感受更加深刻強烈，日後的記憶也更生動鮮明。

感冒、發燒、對飯店床單過敏，或是吃到不新鮮食物而腸胃不適，我想，大多數的人，旅行時總會遇到個三兩次，但對我來說，這樣的回憶似乎是多了一點。

首先來聊聊令人難忘的屈公病，它是熱帶地區特有的傳染病，主要盛行在埃及斑蚊及白線斑蚊出沒的地區。當時，我人在衣索比亞西南部，一座名為孔索（Konso）的小城。一開始以為是舟車勞頓後的疲憊，但休息了幾天，體力卻沒有恢復，某天早上，就在我掙扎要不要繼續旅行時，突然在梯間跌倒，我從二樓滾了下來——因為我的膝關節及背脊不知為什麼腫脹變形，突如其來的劇痛，讓我一定得彎腰駝背才能走路，幾天後，關節炎自動升級到厭世的等級，自己像是被一千輛卡車撞過，或是被一輛卡車撞一千次。屈公病有時也音譯為「契昆根亞熱」（Fièvre Chikungunya），源自於馬孔德語（Makonde language）的「kungunyala」，意思是「彎曲／扭曲的東西」，關節變形是屈公病最大的特色。

除了關節痛，我的體溫飆升到四十度，身上冒出沒看過的疹子、掉頭髮、莫名其妙地想哭，也開始出現幻覺。

「我躺在屋頂可打開的小房間，盯著天花板……我聽著呻吟、尖叫、咆哮，置身於慌亂、隨機，由零碎情欲的晦暗夢魘……」

臥病的那幾天，除了偶爾想吐外，大部分時間像極了威廉・布洛斯小說《裸體午餐》筆下的歐布萊恩：恍惚、自我懷疑、情緒低落，並持續在多愁善感的暈眩裡打轉。

有時候，遠方偶爾傳來若有似無的鼓聲，混搭著關節變形的痛楚與久久不退的高燒，每個擊鼓點都是我的疼痛點，身體的痛楚隨著節奏的強弱變化，痛，很痛，非常痛。感染後痊癒就終身免疫的屈公病，成為我東非之旅最「刻骨」的回憶。

另一項我懷疑蚊子也有參與的回憶，則發生在象牙海岸。

一開始腳踝外側像是被蟲叮了一小包，所以也只是擦擦藥草草了事。差不多兩週後，感覺上像是被叮一小口的區域變大了，重點是「沒有任何的痛楚」，正當我走在大巴薩姆（Grand-Bassam）古老的街道，感嘆頹圮迷人的殖民建築時，我腳踝上那一大塊巴掌面積連皮帶肉的患部，無預警地掉了下來，重點是「仍然沒感覺」。我知道無痛分娩，但這種觸目驚心的無感剝離還真的是第一次。任何人面對血淋淋一塊血肉硬生生被剝掉，正常人都會覺得恐怖吧！到了「找了很久」的診所後，白髮蒼蒼的老醫師以好聽得不得了的法國腔英語告訴我：

「這是細菌感染，Ulcère de Buruli。」

「什麼？」

「這是潰瘍的一種，有點麻煩。」

「那要如何治療才會痊癒？」

醫師意味深長地看著我，然後視線飄向窗外的藍天，「只要你在非洲，你是好不了的。」

這種怪病正式名稱為「布如里氏潰瘍」（Buruli ulcer），是一種由桿菌引發的皮膚病變。西非地區的原住民相信，罹患這種無痛無息的潰瘍，是觸犯惡靈的結果，大部分的患者會被他所屬的部落排擠，更慘的是驅逐出境。

「現代醫學知道它是什麼造成的，當然明白如何根治。」醫生開給我一大包夠全村人服用的抗生素，「你不用擔心，離開非洲就好了。」

除了奇怪的潰瘍外，有時候身體裡的不速之客，也會為旅行帶來小小的困擾。

在從非洲回來後的幾個月，我一直覺得膝蓋下緣有個不起眼的腫脹，有某種奇怪的異物感。

「醫生，這裡面好像有東西？」

「你太疑神疑鬼了，這看起來只是一般的粉瘤而已。」

「可是有時候會刺刺熱熱的……」

「你真的是太敏感了啦！」

拗不過我的哀求，醫生同意做進一步的檢查，所以，當他從裡面拉出一條像白色細麵狀蠕動的生物時，表情變得像是電影異形從身體裡鑽出來的驚恐模樣。

「這是什麼啊？」診療室裡從醫生到護士，還有我，都不知道這是什麼。

又過了幾週，我收到來自醫學中心的報告，這是「麥地那龍線蟲」所造成的感染。收藏於德國萊比錫大學圖書館裡的古埃及醫典《埃伯斯紙草卷》（Ebers Papyrus）就鉅細靡遺地描寫過它。在《舊約．民數記》中在荒野中折磨以色列人的「火蛇」，也被懷疑是龍線蟲所造成的。西元前二世紀居住在亞歷山大港的阿伽撒爾基德斯（Agatarchide），在《論紅海》中也提到「在皮膚下蟄伏，鑽動，造成像燙傷一樣痛楚」的小蛇，算是最清楚的病歷紀錄。龍線蟲的學名Dracunculiasis源自拉丁文dracunculus，意思是「小龍」。絕大部分的文獻顯示，被小龍纏上的病患「最多」會覺得生活有點不方便，但不至於危及性命。

但不管怎麼說，在自己的身體找到其他生物，的確是件可怕的事。

病痛的隱喻

日常現實中的疾患，與文學世界所虛構的病痛很不一樣。在生活中所發生的，會產生一種「這非看醫生不可」的病識感，從掛號、就診、服藥，自有一套約定俗成的標準程序，只要排除故障後，生活就可以繼續下去。

但文學所描述的病痛都比較誇張，總是與死亡比肩而行，畢竟，誰想看小說裡的角色不斷地腹瀉或流鼻水。與其說是描寫生理的不適，它更像闡述某種生命、道德，或社會的困境，看過狄福的《大疫年紀事》、托馬斯・曼的《魂斷威尼斯》，卡繆的《鼠疫》，或瑪格麗特・愛特伍的《末世男女》就知道。看不見的敵人，伴隨著隨處可見的死亡與恐慌，自詡為萬物之靈的智慧生命，卻在迷茫與苦悶中節節敗退，瘟疫成為心靈的試煉與磨難。

一九九八年諾貝爾文學獎得主葡萄牙作家喬賽・薩拉馬戈（Jose Saramago，一九二二～二〇一〇）的《盲目》（Ensaio sobre a Cegueira），描寫發生在架空的平行世界中，一種不明原因的白盲症，快速地在世界各地傳染擴散。這種症病不是讓人陷入伸手不見五指的黑暗，而是被一大片白光籠罩後讓人看不清楚，而這種疾病只要距離夠近就會感染，許多人因而被禁錮隔離於廢棄的精神病院裡。

《盲目》裡所有的對話都沒有引號，人物也沒有名字，閱讀這本書的同時，我們就好像閉上眼睛聽人說話。一個只有聲音，沒有臉的世界，薩拉馬戈透過「失明」探索人性在極端環境下如何回應。故事中僅有一位眼科醫生太太得以倖免，但為了照顧她的先生只好假裝也罹患白盲症。當然，薩拉馬戈的「盲目」是十足十的文學隱喻：

「失去眼裡的光亮，也就同時失去了對人的尊重。」

當一個人看不見時，或許周遭的人會伸出援手，展現同情。但全世界都看不見時——「你有比較可憐嗎？」「憑什麼你有特別待遇？」「我們比你更慘！」憐憫就會被無可妥協的無情冷漠所取代。

疾病，不僅僅只是生理上的隱喻，更是精神文明困境的有力寫照。

與其說，是我選擇了記憶，
倒不如說是，記憶選擇了我。

禁錮靈魂的刑房

要完全避免在旅行中的受傷生病，好像有點困難，但我們也不該因此就待在家不出門。胡思亂想，或太無聊，追劇追到天亮，酒喝太多，半夜看到別人PO的宵夜文後大嗑萬惡的鹹酥雞……即使待在家，我們還是會做些蠢事傷害自己，與其如此，還是出門去比較好。

除了非洲之外，另一塊充滿挑戰的土地就是印度，撇除泰姬瑪哈、金廟、紅堡、風之宮殿，大部分關於印度的旅遊資訊還是以負面居多，別人將它視為畏途，我則把印度的種種不便看做是對旅行者的挑釁，有哪裡比印度更具挑戰呢？

我打算從加爾各答出發，一路向西，最後從孟買進入阿拉伯海，途中也許能順道參觀幾個年代久遠的石窟遺跡。不需多慮，也沒辦法想太多，加爾各答是出了名的亂與髒，有潔癖的遊客在這一站就會發瘋打道回府，但它的喧囂與破敗，正是加爾各答的驚奇所在。

待在加爾各答的第六天，我參觀完有點奇妙的「維多利亞女王紀念館」後，準備去學院街（College Street）附近吃晚飯，才剛下車，沒來由地一陣心悸……

「嘔～」我脫口噴出一道一公尺多的水柱。

街上的行人紛紛走避，而我就像哥吉拉一樣，不斷地吐出一段又一段的東西，從有內容添加物可吐，到沒東西可嘔，最後，只能繼續不斷電地吐出水柱。更難堪的是，除了嘔吐之外，還有止不了的腹瀉。

中間發生了什麼事，我已經不太記得，等到意識稍稍清楚，我發現自己躺在木板床上，在一間淨是嘔吐與排泄物氣味的大通鋪病房。

褲子不見了，下半身蓋著一條髒髒的白布，屁股的地方是挖空的，才剛意識到下體涼涼的，忍也忍不住地上吐下瀉又開始發作。

一頭灰髮、滿臉正氣的醫師走了過來。

「我到底怎麼了？」話才說完，又開始吐～

「Khole……」醫師低下身，看看我床下的鐵盆，「你得了霍亂（Cholera）。」

看著滿屋的病患，「怎麼會？」我勉強吐出幾個字後，又開始不爭氣地，止不住地水瀉狂拉。

由弧菌引起的霍亂，因為它如狼似虎般兇猛地上吐下瀉，在古代被稱為「虎狼痢」或「虎疫」。它的台語名「虎列刺」，則是英文Cholera，經由日文コレラ（Kolela），再轉音而來，江戶時代的人們相信，霍亂是被妖怪「虎狼狸」（ころうり）的吐息噴到所致，奇怪的是，除了人類之外，其他動物好像不會感染霍亂。繪於十二世紀的《病草紙》，其中就有一幅「霍亂之女」，畫面中家人在屋子緣側扶著上吐下瀉的病人，一旁還有人忙著製藥上湯，不過，最反胃的莫過於在角落吃病人排泄物的野狗，當時就有人發現，即使狗吃了被病患汙染過的東西，人類最忠實的好朋友們依舊頭好壯壯，活蹦亂跳。

沒有經歷過，或近距離觀察，很難想像罹患霍亂是怎樣的情形：二十四小時不間斷地吐與瀉，無法進食的虛弱，讓我連呻吟的力氣都沒有。大量脫水後，皮膚不可思議地塌陷，皺摺龜裂，完全沒有彈性，尤其是手肘到指尖的部分，讓我提早

疾病，不僅僅只是生理上的隱喻，更是精神文明困境的有力寫照。

唯有末日來臨，才可能看見真實的人性。

知道自己九十歲時的模樣。眼睛因為沒有淚液而乾澀，又癢又痛，連睜開眼皮都很吃力。加爾各答的夏天氣溫也是很逼人的，但在病榻上，我老是覺得很冷，手腳末梢發紫，像是被橡皮筋箍了好幾小時般沒有知覺。

但最可怕的，是時不時地抽搐痙攣，不是局部肌肉小範圍的用力收縮，而是突如其來的全身性抽筋，感覺像是身上所有的肌肉與關節，不約而同地以違背常理的方式朝反方向拉扯，差不多像是有十幾個柔道選手對我全身所有可彎曲的部位施展關節技；或是有數不清的電鰻從我身旁游過，一起放電的詭異疼痛。

在數不清的發作中，身心靈都被狠狠地消磨損耗，差不多有一週的時間，彷彿掉進無止境的惡夢中無法清醒。稍稍有點精神時，則都在自怨自艾：何時才能結束這痛苦的輪迴？上吐下瀉、全身抽筋、上吐下瀉、全身抽筋……我的肉體透過霍亂，化成禁錮靈魂的刑房，日日夜夜，我浸泡在髒汙與羞恥之中，並持續地感受不曾消退的恐懼與絕望。

旅行的目的

「從一開始生病的時候，他的生活就產生兩種對立的心情，相互交替：一會兒感到絕望，等待著未知，可怕的死亡；一會兒抱著希望，悉心觀察自己身體的變化。在眼前的，一下是不務正業的腎和盲腸，另一下則是無處可逃的死，恐怖的空白陌生。」

小說《伊凡．伊里奇之死》，講述一個男人的生平，與緩步走向死亡的故事。經常寫大部頭的托爾斯泰，透過這本小而美的故事，展示了一個唯利是圖的荒謬社會，以及人與人之間的冷漠與偽善。

小說以倒敘方式來鋪陳，首先描述伊凡．伊里奇的葬禮，一場貓哭老鼠的假面舞會，隨後故事進入了伊凡．伊里奇從小到大的生活歷程。他曾經也是個聰明優雅、胸懷大志的年輕人，唯一的瑕疵，是他對上流社會的異常崇拜，想上位的虛榮壓倒一切，為了融入上流社會，伊凡．伊里奇對他們的荒誕與無恥睜一隻眼閉一隻眼。屈服於權貴的他，為了別人的評價而活，也為了自己的面子而活。

另一方面，走入婚姻的伊凡．伊里奇，家庭生活也沒有為他帶來幸福滿足。意冷心灰之餘，他將生活重心全部集中到事業之中。消極地逃避家庭，並試著在忙碌裡，找尋救贖與解脫。

一長串鄉土劇式的前情提要後，緊接著托爾斯泰用了大量的篇幅，來描述伊凡的病痛，與隨之而來的心理變化。

可悲的伊凡．伊里奇剛知道自己生病時，還夢想著治療痊癒，然後繼續去過體面的生活。故事到了後期，隨著病情加重，他的目標只剩下「不想死」，並持續地感慨命運的不義不公。他掙扎地想要活下去，但一天天病重的身體讓他有更多的不甘，伊凡開始害怕死亡。口是心非、言不由衷的醫生，巴不得他早點死，趕緊騰出升遷空位的同事們，冷漠嫌惡相對的妻子女兒，讓逐漸走向死亡的伊凡異常淒涼。

「他幾乎所有時間都躺著，側向牆面，孤獨一人承受著如此無法解決的痛苦，孤獨地想著同樣無法解決的想法。這是什麼？難道真的要死嗎？內心有個聲音回應他說：是的，這就是事實。為什麼要受這些苦呢？聲音則回答他：就是這樣，沒有為什麼，接下來除了這個以外，什麼都沒有。」

所幸的是，並非所有人都態度惡劣。在病痛中還能為伊凡帶來安慰的，是小兒子瓦夏與僕人格拉西姆。只有他們是真誠地關心伊凡，在他最痛苦的時候，小兒子會握著父親的手，親吻、哭泣。悉心照料主人的格拉西姆，也為伊凡逐漸壞朽的身體心痛不已。小兒子與僕人碩果僅存的愛，讓伊凡在生命末期，仍能感受一絲絲的光明與溫暖，死亡不再令人害怕，在終點等待的，可以是恐懼以外的事物。

小說在伊凡・伊里奇的死亡中來到終章，他從自欺的矛盾中醒了過來，決定放棄「虛偽的生」，不想再給愛自己的兒子太多負擔，於是伊凡選擇了「真誠的死」，誠實地面對自己，然後無畏地走向另一個世界。

對照於小兒子及僕人的哀慟，他的妻女、同事以及偽善無良的社會，依舊繼續輕快地運轉著。

躺在病床上的我，除了反覆到令人生厭的生理折騰外，我覺得自己開始了解，伊凡・伊里奇匍匐爬向死亡的心情。

沒有愛的世界，只有對利祿功名的競逐，即便是最親近的人，也只有沒來由的憎恨和浮於表面的和善，托爾斯泰筆下的冷漠和虛偽讓我心驚。當我們的人生平步青雲、身心康泰時，人情冷暖與我何干！唯有末日來臨，才可能看見真實的人性。

直到今天仍然記得，隔壁病床老先生那雙黝黑乾癟的雙手，在我全身抽筋痛不欲生時，伸過來，伴著婆羅門的吟唱，輕輕地按住我的頭。我也記得鄰近小男孩在痙攣停止的空檔，那些五音不全卻也歡樂明亮的奇怪歌曲，還有在病床間忙碌不已的醫師與修女們。

差不多有三個禮拜的時間，我只想好好地活下去。

旅行與冒險的目的，不在於抵達或征服。

如果說，這些旅途中的傷病回憶，對我真的有所啟發的話，我想起第一位划槳橫渡太平洋的航海家達波維（Gérard d'Aboville），在完成挑戰後寫下的一句話：

「Je n'ai pas vaincu le Pacifique, il m'a laissé passer.」

（我並未征服太平洋，是它讓我安然渡過。）

旅行與冒險的目的，不在於抵達或征服。

chapter 09

講了也不明白的神秘旅行

不知道自己身在何方？為什麼在這裡？

既然如此，就放心地把自己交給偶然吧……

年少時，我就踏出家門，一個人進行各種短短長長的移動、漫遊及旅行：有目標的挑戰、放空的閒晃、計畫性的蒐集、傷心的自我放逐……每趟出走在折返之後，多多少少，還是有感到自己某些小小的改變。

但如果要針對「旅行的形式」作些區隔的話，拍攝旅遊節目一直都是很特別的體驗，畢竟一般情況下，不會有人特別拿出攝影機，記錄我們一整天的食衣住行。

我第一個主持的旅遊節目是中視的《台灣保庇》，我一直覺得這節目的名稱很正向、中規中矩，雖然很有草根性，但太像競選活動的口號，當年團隊在進行拍攝時，還真的有民眾過來詢問是為哪一位候選人站台。現在回想起來，《台灣保庇》的拍攝與製作過程還真的不是很順利，不過，那也是一段相當有意思的奇幻旅程。雖然只有短短三季，但對我後來的主持工作有很大的影響。我也是在節目結束很久以後，才漸漸理解它對我的影響。

這裡要先說明，在主持《台灣保庇》之前，我就在不同節目擔任稱職的嘉賓角色，節目需要什麼，如果我知道的，就竭盡所能地滿足製作單位的要求。真的沒辦法的，就實在地跟製作人講：「有困難。」百分之九十九以上的製作單位都很明理，所以一直以來，趕通告錄節目雖然有點辛苦，但因此結交了許多朋友，算是意料之外的收穫。

不過，當年心中還有幾個坎，還沒跨過。其中之一就是「我要不要踏入電視圈」，畢竟當時我還是有「正職」的，節目邀約對我來說，比較像是打發時間的業餘活動。認真歸認真，但以我不唱歌不跳舞不演戲不討論社會政治的狹隘人設，在電視圈的發展應該很有限，有了這層覺悟後，面對節目邀約，一直都是抱著「來之則安」的心態輕鬆面對。

但擁有自己的節目則另當別論，雖然這代表「終於有人把我當一回事」，但觀眾與電視台長官也會用更嚴格的標準衡量我，意味著要接受收視率，以及每年金鐘獎是否入圍的挑戰。

所以，當我收到製作單位的邀約時，心情很複雜。

我和製作單位約在新聞台附近的咖啡店面談，製作人劈頭第一句話就是：

「你懂台灣的廟嗎？」

「什麼程度叫做『懂』呢？」

「就是進到廟裡，可以自己講些東西……神明啦！建築啊！附近的小吃啊！和它有關的傳統工藝啊！這些你懂嗎？」

「有些有涉獵，有些則不太懂，尤其是料理美食那塊……」我小心地說出自己的看法：「其實我沒那麼多講究。」

「那可以慢慢磨，沒關係……」製作人挨近身子，「那你可以配合節目的需要，做些搞笑演出，玩些綜藝哏嗎？」

這就是哽在我心裡的東西，站在人前台上，究竟要誠實勇敢地做自己？還是只呈現給觀眾他們想看的東西呢？轉瞬之間，我的心沉到大海深處……

「不知道餒！」我眼角餘光瞟到經紀人丟過來的困惑。「可能做不來，我這個人不太好笑，肢體也很僵硬，也許不能符合你們的要求。」我心中已經有底，這案子應該是吹了。

一種「誰教你這麼說」的尷尬，盤旋在我們上空，製作人與導演以一種我不了解的神秘，無言地交流片刻，然後轉過頭來，「那我們可以來敲四月的出班時間嗎？」

前後不到五分鐘，節目就談成了。

一開始，《台灣保庇》被定調為「文化與宮廟版的ＭＩＴ台灣誌」，每集都從某座宮廟寺院出發，介紹關於神明、建築與地方的故事，然後透過它來串聯在地人的生活與歷史。唯一對我稍稍有困難的，是「儘量」使用台語與地方人士交流。

「這樣比較親切。」拍過《大陸尋奇》的Ａ導，是我合作的第一個外景導演，對鏡頭很有想法，給我的自由度也很高，「但如果真的沒辦法，還是可以講國語啦！」

很多年前，我在法國巴黎，承接過一團來自美國加州的觀光團，成員清一色都是美籍台裔的第二代移民，在羅浮宮玻璃金字塔初見面，團長就發表嚴正聲明：

我們有很明確的政治立場，接下來三天的對話與講解，除了台語或英語，我們一概不接受其他語言的溝通。

「×的！尤其是國語，少年仔你給我試試看。」

話都說到這分上，我只能把歐洲藝術史、法蘭西歷史、羅浮宮、奧賽美術館、凡爾賽與楓丹白露，全部以台語輸出。

蒙娜麗莎都可以用閩南語介紹了，在台灣用台語走走拍拍，應該不會有什麼問題吧？

影片時間不含廣告破口，長度約莫掐在四十八分鐘左右。雖然說是文化旅行，前任主持人的風格更接近《瘋台灣》式的活潑陽光。交到我手上後，不禁開始煩惱要做些什麼？講些什麼？才能和其他節目，和前任主持區隔開來。

我想做的是，為節目加入更多「非本土語境的看法」。

例如說：「你覺得新港奉天宮如何？」我會提出希臘雅典的衛城，或巴黎市中心的聖母院作個比較，畢竟這幾座古城，也都是以宗教中心為圓點向外擴張。如果仔細比對新港與雅典市街的發展脈絡，則會有異曲同工的驚喜發現。同樣地，在討論新港奉天宮精采的「對場作」時，就可以穿插引出台灣師與唐山師的藝術拚場，潮與漳的手作對決故事，與文藝復興時代達文西與米開朗基羅在佛羅倫斯舊市政廳王者之爭的陳年過往。

當然這都是理想，實際上想要完整呈現，並不是那麼容易的事。

火的洗禮

一個人旅行，只要打點好自己食衣住行育樂的需求，就算功德圓滿。但節目外景團隊則有製作人、導演、企劃、攝影師及助理、燈光、成音等等，每個環節都相當複雜，即使是同公司夥伴也需要還就磨合，何況是來自於不同外聘單位的專業人士。置身於人事衝突不斷，技術問題層出不窮的電視圈，這時候，領導者的角色就相當重要。節目想要成功，需要靈感、直覺、經驗、對未來採取開放態度，以及不可或缺的自我肯定，但要更上一層樓，傑出的領導人，又比其他技能都來得有分量。

無論外景小隊還是金控集團，都需要組織領導。關於這點，古希臘人的看法算是走得很前面。透過詩歌與戲劇，他們熱中於探究暴君型領袖對組織團體造成什麼樣的影響，卻對民主型領袖興致缺缺。關心領袖們如何能在決策公佈後朝令夕改，卻又不會傷及權威。在《伊利亞德》與《奧德賽》中，古希臘人就深入探討過組織與個人本質性的重要問題，屬於神話時代的英雄式個人主義價值觀，套用在城邦發展中則顯得格格不入，但他們也了解到，如果把個人主義從組織文化中剔除，也可能會帶來不利的後果。

就以節目劇組為例，如果導演縱容藝人的情緒或表演，節目極有可能會荒腔走板，沒有重點，淪為主持人的個人秀，但如果太過壓抑主持人的表演，又會變成不鹹不淡、不痛不癢的流水帳。同樣地，事事拿不定主意，處處都想用「公平公正公開」原則來管理劇組的導演，最後只能累死自己，或得過且過地推動拍攝；作風太過強勢，一意孤行的導演（有才華的另當別論），往往又容易得罪工作人員，結果劇組就會一直調換人。無論如何，最後吃虧的，除了主持人外，還有被迫在電視機前被節目做腦前額葉切割手術的廣大觀眾。

因此，身為領導者的導演，其實很重要。

拍攝初期，節目共有三名導演輪替，每位專業不同，行事風格也很不一樣。注重運鏡，講究畫面的A導，老是想些有趣的鏡位拍攝，「做電視，畫面好不好看很重要！」每次花時間磨鏡頭時，A導一定會說這句話。

「等一下，讓我好好想一想。」一道砂鍋魚頭，就要拍上四個小時，結果做出來的東西和別人十五分鐘拍的一模一樣。後來我才知道，裝模作樣來到新高度的B導，是擺譜出了名的一號人物。

至於德高望重的C導，只要順著拍攝腳本，影像流暢，沒什麼大問題的話，基本上都能過關。

順道一提，旅遊節目的拍攝，有跟著劇本走下去的「順拍」，還有依照路程規劃，哪個方便拍哪裡，等到景點內容都拍差不多時，再回去打散，重新編排，以新的故事邏輯來設計內容。這沒有好或不好的問題，只有邏輯通不通，故事有沒有硬拗硬轉的擔憂而已，這時候，出班前的腳本就非常重要，有了腳本，主持人就可以去調整每一場的情緒、語氣，這樣回到剪接室後，才不會有前言不對後語的尷尬發生。

像我這樣毫無經驗的外景小白，除了熟悉外景腳本外，對導演的命令一定是言聽計從，他要我做什麼我就做什麼。而且他們也沒在客氣的，從女紅細工到搬運粗工，導演覺得什麼有收視賣點，只消一句話，我就得下海上山。

就這樣，節目一路從北港、新港、桃園大溪拍到台南舊城，雖然拍攝過程中會碰到堵車、器材故障、記憶卡消磁、鬼壓床外，整體而言都算是平安順利。某一天，A導打電話給我：

「你有『過火』的經驗嗎？」

「過火！你說赤腳走火炭的『過火』嗎？」

「就是。」電話的另一端，導演的冷靜讓我有不好的預感，「接下來要拍過火，你沒問題吧！」

我看著新聞台正播著「今日南部某宮廟進行過火活動，有十多名信徒不慎燙傷送醫，目前觀察中」的跑馬，腳底都熱了。

這集要拍攝的，是新莊香火鼎盛的中港厝福德祠。此地的「弄過火」，是由地方信眾組成的法團，各自抬著神轎或捧著神尊，赤腳踏過用火炭堆起來的小山，大部分宮廟在儀式前，會撒上鹽巴、白米或檀香粉降溫，當我訪問路邊圍觀的阿伯時——

「咱這卡猛啦！」阿伯一邊嚼著檳榔，「溫攏是金咧！別位攏假A啦！」

別人是不是假的我不知道，但中港厝福德祠火炭山的高溫可是貨真價實，任何降溫的手法都沒有，為了向觀眾證明，廟方還特別在上面取火、燒金紙，還烤魷魚分給大家。看著才放上去沒幾秒就迅速焦炭化的魷魚乾，考量到安全性與只保最低額度的意外險，深思熟慮的導演決定不拍了，只要我在現場做做樣子，弄幾個姿勢擺拍就好……

「可是，我想走吶！」主持人發動第一次請願。

「不行啦！萬一你受傷怎麼辦。」

「不會啦！」我抗議，「不是有信心就好嗎？」

「不行啦！受這種傷可不是幾塊錢醫藥費就可以處理。」

「不會受傷啦！以前那麼多人走過不也沒事嗎？」

「不行就是不行～」導演苦口婆心地相勸：「你受傷的話，會很麻煩的。」

經過漫長無謂但不失風度的爭論後，我和導演決定要以擲筊方式向三太子請示，三筊為限。導演怕我賴皮，還請攝影師全程拍攝問事的過程。

結果，我在神明前連續擲了三個聖杯，導演的臉都綠了。我當然明白導演的謹慎與擔憂，拍攝成功固然可喜，萬一主持人受了傷，以及接下來四天拍攝行程全部泡湯，誰要負責？

二十分鐘後，我捧著神明，站在燒得紅通通的火炭山前，準備透過火的洗禮，淨化我肉身凡胎的墮落與罪惡。

我捧著神明，站在燒得紅通通的火炭山前，
準備透過火的洗禮，
淨化我肉身凡胎的墮落與罪惡。

一切都是空白

長久以來，人類與火的關係就十分密切，學者們推定人類因為懂得用「火」，才能建構文明，開創歷史。創造與毀滅，淨化與轉化，都是重要的功能，與象徵性的意義。許多文化都有「火焰崇拜」，最有名的是源自於波斯的瑣羅亞斯德教，雖然說是拜火教，實際上的情形肯定比想像更複雜，信徒們敬拜一位無形的至高神——阿胡拉．馬茲達（Ahuramazda），意思是「智慧之王」。至高無上的阿胡拉．馬茲達要求信眾相信真理，保有善行、善念與善言。因為至高神是無形的，因此信眾只能透過祂最早的創造——「火」，來了解奧秘與存在。純淨、無瑕、充滿動態的能量，又潛藏著令人不安的毀滅性，象徵神的絕對和至善。

我在伊朗的亞茲德參觀祆教徒稱為「伊蘭沙」的拜火神廟，與焚燒大體的寂靜之塔，如果你不是一位真正的瑣羅亞斯德教徒，你永遠無法看見真正的「聖火」。火是神聖的，是人與至高神之間的能量通道，透過閃動的高溫，他們看見生命的真義。

當然不是只有波斯人才在危險、搖曳的火中發現真理。古希臘神話中到天庭盜火的普羅米修斯，在荒野燃燒的灌木叢中看見耶和華的先知摩西，聖母瑪利亞升天時，降靈在使徒們身上的聖靈，也是以火焰的形象出現。

我們看見火，利用火，終究，火會逸出我們的理解之外，為世界帶來創生希望，或帶來死寂毀滅。

那為什麼人類會想要「過火」呢？

走在燃燒的炭火上，除了顯而易見的「淨化」與「昇華」之外，透過踐踏，還透露「征服」與「壓制」的企圖。遠古時期的人們，當見到雷擊後的焚燒，一定很害怕吧！但在大火燎原後，那些動物的肉變得更可口，如果能把這種能量據為己用，那不是很棒嗎？但只有被認定勇敢、有智慧的人，才能駕馭火焰、操縱火焰，那要如何選出這樣的人呢？就讓「火」自己去認定吧！只有純潔、自信、勇敢的人，才能通過火的考驗。因為如此，所有的古老信仰中，都存在著不同形式「過火」的文化與形式。

不過，源自於遠古的過火儀式，在今天變成自我成長課程的結業式，大膽走過火炭的人，就可以領到證書，然後向人炫耀：「我辦到了，你呢？」

是啊，我呢？不要管物理學家說的「萊頓弗羅斯特現象」（Leidenfrost Effect）或熱傳導率不一的理論，實際上是，當我站在熱氣逼人的火炭堆前時，除了相信以外，沒有其他的辦法。

「少年仔！走三遍～三遍哦！」廟方大哥叮嚀我：「毋安內袂用得哦！」

三遍！不是只要一趟就好了嗎？念頭剛過，過火的哨聲就響起，那一瞬間，我的意識好像被抽掉一樣，一趟……兩趟……三趟……

事後看錄影畫面，我幾乎可以用慢條斯理來形容「過火」的歷程。沒有懸念，沒有懷疑，就這樣踏了上去，走了三遍。那過火後的感覺像什麼呢？這麼說好了，像是用愛的小手，抽腳底板一百下，快樂並痛著的奇妙感受。

但《台灣保庇》的好日子也就到這了，拍過這集後，因為製作公司的人事異動，除了製作人以外，製作團隊一整個大換血。而且不是一次性的汰舊換新，而是另一種說了也不明白的神秘輪迴。接下來的兩季半，幾乎每一集都外包給不同的團隊製作，而真正的挑戰，才真正開始。

「今天要去哪？」這是我每次和新導演見面的第一句話。

因為接下來的拍攝，「幾乎」沒有劇本，因為時間緊迫，有時連探勘踩點的時間都沒有，往往我都是拍攝當天，才知道要去哪裡？要做什麼？沒有人告訴我接下來會發生什麼事，而且幾乎每個景點，導演都要求我即興發揮。其他的時間都在等待中度過，等待導演或攝影師傳喚。上鏡、拍攝，然後繼續等待。

因為所有的事件都是隨機、意料之外的，除非我站在要訪問的人事物前，否則沒有人知道我要講什麼。而且都是跳著拍，表情、語氣、肢體都不知道該怎麼連戲才對。這對所有人來說，都是專業與心智的挑戰。

也正因為所有的一切都是空白，在錄影講解期間，臨時加入的小編們還要做筆記，寫下我所說的話，待回去後期製作時再進行校對、上字，設計特效圖案，還有龐雜繁瑣的編輯剪接。為了完成這些工作，大夥幾乎是連夜趕工，好不容易弄完一集，上架播出之後，馬上又要趕下一週的進度，如此馬不停蹄，卻不知道明天，甚至是待會要去哪？如此講了也沒人明白的神秘旅行，實在是十分獨特奇妙的經驗。有時候我會懷疑這樣真的可以做出節目來嗎？最後到底會產出什麼樣的作品呢？在拍攝空檔，我常和新導演們討論接下來要做些什麼，說實在的，他們也是接案執行而已，大夥就在且戰且走的情況下完成後續所有的節目。

把自己交給偶然

「想必是有人誹謗了約瑟夫・K，因為他並沒有做什麼壞事，一天早上卻被逮捕了。」

小說《審判》的主角K，某天早上醒來時發現陌生人闖進他的寓所，如同《變形記》的葛雷格，所有的夢魘都是在白天發生。

「你被捕了。」

「看來似乎是如此……但為什麼呢？」

「我不能告訴你，」也許是警官的人告訴他：「你的訴訟程序已經開始，要去哪裡？做什麼？到時候你就會知道……」

K真的會知道嗎？答案是否定的，正如卡夫卡其他的小說一樣，K唯一能做的，只有學習配合接下來的事情。只不過卡夫卡在這本小說有不太一樣的嘗試，主角不只是接受命運的安排，還嘗試去理解它，盡其所能地去搜集「案子」的蛛絲馬跡，當然，自始至終K都不知道他有沒有犯罪，或犯了什麼罪，而且整部小說也沒透露出太多線索。故事中後段有個小插曲讓我印象十分深刻，一位在法院任事的牧師，向K說了一個寓言故事：

在「法」的門前站了一名守門人，一位鄉下人來到他的身邊，請求進入「法」的大門，但守衛說不行，鄉下人問那可以進去嗎？守衛則答說也許可以，但不是現在。鄉下人側過身，低下頭，看看「法」的大門內有什麼。

「如果裡面那麼有吸引力，你就進去啊！不用等我允許，自己試著闖進去看看！不過我告訴你，即使像我這麼強大，都還只是最底階的守衛，到了裡面後，每道門旁的守衛一個比另一個更有權力，連我自己看到第三個就害怕！」

鄉下人決定等到他獲准入內，而守門人給他一張板凳，讓鄉下人坐在門邊。

他就坐在那裡，日復一日，年復一年。

鄉下人拿身上所有的物品去賄賂守衛，守衛也照單全收。

「我收下你的東西，僅僅是讓你覺得好過一點，免得你誤以為自己還有什麼還沒嘗試。」

許多年過去後，鄉下人就坐在門邊，幾乎目不轉睛地看著守門人。他甚至認識了守衛衣服上的蝨子。

「拜託拜託幫幫忙，你可以替我向守衛求情，讓他放我進去嗎？」蝨子和守衛，都無動於衷。

最後，鄉下人老了，但還是不能進去，他感覺到自己活不久了，他向守衛招了招手。

「現在你想知道什麼？」守衛對他說：「你真是不知足，貪得無厭啊！」

「每個人都需要法……」鄉下人問道：「為什麼這道門在這麼多年來，只有我一個人想進去？也只有我在這裡等待？」

「其他人不能從這裡進去，因為這道門是為你而設的。」最後，守衛對鄉下人大吼：「現在我要走了，門也要關上。」

在錄影現場時，我一直有種自己被丟到卡夫卡小說裡的錯覺：好像當下能做些什麼，但做什麼又好像徒勞無功，當我詢問企製小編時：「你去問導演。」他們也搞不清楚狀況，大部分的時間，我就像是《審判》裡的K，或是在門邊等了一輩子的鄉下人，不知道自己身在何方？為什麼在這裡？待會又要做什麼？唯一值得欣慰的，是劇組人員都非常相信我：「你想怎麼講就怎麼講，反正到後期製作時我能把錯的、不好的地方修掉。」最後兩季換了十多位導演，但無論是哪一位，都十分敬業認真，對我也充分信任，結果也都出乎意料地令人滿意。

既然如此，就放心地把自己交給偶然吧！

多年後，我偶爾還是會在計程車、網路平台或數位頻道，看見當年青黃不接的自己：尷尬、生疏、笨拙、口齒不清、因為不熟悉鏡位而背台、偶爾講些不好笑的笑話，每每都讓我覺得：電視機前的觀眾們真是大人大量啊！可以包容我不專業的演出。那些年和我一起工作的夥伴，偶爾大家聚在一起，聊聊當時趕製節目的點點滴滴，當時很苦的，現在回想起來，都是開心美好的。

根本上，外景拍攝也是旅行，再怎麼樣新奇強烈的文化衝擊，隨著時間的流逝，它在記憶中也會磨損剝落，正如日常生活中所有不可言喻的感受，可以透過文學，讓它們的輪廓更加立體清晰，看著自己曾經拍攝過的外景節目，無論是《東風知識+》、《台灣保庇》、《青春愛讀書》、《閱讀青旅行》或《城市的一百個發現》，透過第三者的視角，把所有曾經發生過的，都被影像確確實實地錄下來。節目播出後，我看見了當時在現場沒發現的事物，再次確認當時最讓我感動的究竟是什麼，還有，打散後重組的片段能變成怎樣的故事。

旅行從第一人稱視角到第三人稱，反而從不同方向施力，將我與世界的連結，變得更加緊密。

chapter 10
回家

多年後，我紅著眼，抱著母親生命燦爛過後最後的燼……

我再度想起多年前那段未完的對話：值得嗎？

每當新書出版時，按照慣例，出版社的工作夥伴會先請我寫下公關贈書名單，然後再依次分門別類：可以親送的、只能郵寄的、這幾天剛好碰面的，以及想要自取的……就很多層面來說，我是相當老派的人，按照輩分禮數，圈內的先知前輩，大哥大姊（可以是演藝圈、文化圈或其他可以劃成小圈圈的人們）幾乎是親送，一來是久未問候，剛好有機會登門拜訪，其次是可以了解近來大家對工作與生活的想法，順便聽聽他們對新書的看法……

「這次又去哪流浪了？」

「怎麼這地方你也去？」

「為什麼要這麼辛苦？跑去那麼遠的地方活受罪？」

「一般人啊！就看看電視，節目拍得有聲有色，感覺就好像自己也去過一樣。」

仔細想想，大家的意見都很有道理。生活在「世界就在指尖下」的二十一世紀，只要連上網路，打下關鍵字，光年之外的遠方也可以近在咫尺。無論是沙烏地阿拉伯漢志沙漠中失落的古城，或是原始蠻荒的婆羅洲赤道雨林，到倫敦梅菲爾巷子裡那間了不起的復古肉舖，沒有時差，沒有距離，沒有秘密，一覽無遺。更過分的是，只要我們願意再多花些冤枉錢，七十二小時內，「幾乎」可以抵達地球絕大部分人類曾經涉足的地方。冒險犯難級數不斷下調，似乎只要有錢，南極點或聖母峰不再是遙不可及的夢想。

既然如此，為什麼我們還想要踏出家門？只為了日後有點不可靠的「深刻回憶」嗎？憑什麼旅行回來後，就會自動升級成為更好的自己嗎？

會不會有另一種可能？待在家，其實也不錯呢？

返家的路上

二〇〇七年，所謂的「而立之年」已經過了一半，工作與旅行，成為生活的兩大核心，不過，在旁人眼中充實飽滿的日常裡，我卻覺得自己的人生還沒有個踏實的著落。對於不斷旅行、流浪、飄泊的生活，開始產生了困惑與懷疑，年少輕狂時，也許還可以「把生命浪費在美好的事物上」，或奢侈地揮霍自由與青春，但十年後？二十年後？三十年後呢？生活需要目標嗎？生命要有所追求嗎？這些在別人眼中無謂的煩惱，很難說是從哪時候開始，有點像是冬季的陰霾，或不想承認的魚尾紋一樣，在不知不覺中，已成為顯而易見的事實。

唯一可以想起來的，是某天在西挪威港都卑爾根（Bergen）下雨的日子。數不清的雨一根一根地，像玻璃針一樣地摔在地上，掉進港裡，落入心中，伴隨著來自北大西洋的冷空氣，讓整座城市在風雨中晃蕩飄搖。我走過濡溼的街道，望著疲憊而平靜的大海，想起了剛逝去的夏日時光，不久以前，我還可以踩著斯堪地那維亞的古老山徑，在北國的陽光下，享受孤身上路的喜悅，但不知道為什麼，生活的一切突然變得疏離而陌生，所有興高采烈的追求，都化成無味的索然，看著淋漓浸潤的街道，突然，覺得想離開了。

但離開這裡，又要去哪呢？幾天後，我辭去漁市場的工作，退掉短期出租的小套房。好不容易有了棲身之地，但自己又莫名其妙地放棄一切後，我又回到無家可歸的狀態。

一週後，我啟程前往赫爾辛基，然後又去了塔林與聖彼得堡，舊地重遊的親密踏實，給了我某種奇特的感受，過去那種睜著眼睛做夢，旅行似乎永遠不會結束的感覺漸漸消退，我知道，不久以後就要回家了，一想到這裡，心中反而生起一種難以言喻的安定。旅行的時間一久，便覺得生活不過如此，但心沒有定下來之前，即使落地生根，也覺得「我」和「世界」格格不入，總是在自己的生活裡流浪。

過了幾週的游牧生活，最後，我返回當初出發的所在，許多年前離開的家鄉——陽光明媚的福爾摩莎港都。

返家的路上，我感受到前所未有的焦慮不安，在九十度的陡峭山壁上沒有過，踩在鱷魚背上時也沒有，當貨輪在風暴巨浪中玩大怒神時沒有，因為霍亂在大街中上吐下瀉時更沒有，但不知道為什麼，一想到踏入家門，內心就緊張得不得了，明明是回自己的家，為什麼這麼忐忑呢？在外面流浪這麼多年，只是因為害怕回家？但為什麼會害怕回家呢？我不怕一成不變的生活，面對為五斗米折腰的柴米油鹽也不會退縮……究竟我在逃避什麼？害怕什麼呢？

踏進家門的那一刻，我看見在廚房剝四季豆的母親，後院的陽光斜斜地，將母親孱弱地拉出一道長長的身影。媽媽沒抬起頭，手也沒停下來，繼續堅定而緩慢地，剝著眼前這一小盆四季豆。好像我早上才出門，傍晚就回家的樣子，只聽見媽媽，以平靜、有點遙遠的聲音回應：

「兒子，你回來了。」

是的，我回來了。

我走了過去，接手媽媽手上未完成的工作。

房間裡的旅行

從有記憶以來，我就在不同的地方居住、上學，父母親在哪裡，身為孩子的我們生活就在哪裡，半遊牧逐水草而居的日子，讓我覺得自己的成長期都在流浪。在那段身心靈都不知該如何安頓的歲月中，我最喜歡的課外閱讀不是別的，清一色都是遊記。媽媽的書架上，永遠有三毛、金庸、夏元瑜和馬中欣，而在夜市的舊書攤上，則邂逅了柯南・道爾、儒勒・凡爾納與雪赫蘭莎德，學校與社區的圖書館，則有更多精采的冒險故事等著我去發現：平凡的主角、神秘的召喚、遙遠的國度、突如其來的危險、靈魂的試煉，與歷劫後的平安歸來。其實，這些作品，都有著差不多的敘事結構，以及大同小異的起承轉合，而截至目前為止，這本書的內容，絕大部分也依循同樣的套路，討論出門後的種種波折遭遇。西元前五十年，羅馬共和末期著名的凱撒，在澤拉戰役中擊敗本都國王法爾奈克二世後寫給羅馬元老院的「VENI VIDI VICI」（我來，我見，我征服），為後世所有的旅行書寫定調，也幾乎是我個人的生活寫照。

但是，並沒有太多旅行文學，探討為什麼要待在家？待在家究竟會發生什麼事？畢竟待在家的書寫，就不算旅遊書吧？不過，只有想不到，沒有做不到，在凡事都有例外的莫非定律下，還是有能人異士別出心裁地寫出耳目一新的作品來。

「我相信這個經驗會對大眾有所助益……想到這麼多不幸的人能拿我提供的個人經驗排遣寂寞，或在煎熬痛苦中得到安慰，我心中便洋溢著無法言喻的滿足。」兩百多年前，一名年輕軍官因為私鬥而被判居家禁閉，有四十二天的時間，不可以踏出家門一步，「在自己房間裡旅行所得到的樂趣，絕對不會因別人的嫉妒而削減：因為，它不花一毛錢。」

在讀者看不見任何懊惱與悔意的禁足中，作者德梅斯特（Xavier de Maistre）向我們展現他前無古人，目前也看不到來者的自負，並將他的自我感覺良好寫成《在自己房間裡旅行》（Voyage autour de ma chambre）。

「都跟隨我吧！所有情海生波、朋友反目的同胞們，讓我們把自己關在房間裡，遠離塵世的薄倖與人群的寡義！」我們彷彿可以看他站在高崗上搖旗吶喊，「所有的懶骨頭都站起來～世間所有不幸、病痛、寥落的人都來跟著我。」

那到底他是怎麼進行這趟旅程呢？首先，一件舒服的睡衣是必要的，德梅斯特特別喜愛粉色系的棉袍，「把我從頭包到腳，當我坐在扶手椅上，手插在口袋，頭縮在領口裡時……」作者得意地寫道：「就像是一尊印度神廟裡看不見手腳的神像一樣。」雖然我在印度的神廟內從沒見過這樣的神像，但可以想像的是，包得暖暖的然後窩在壁爐前，的確是件很愜意的事。

接下來的行程，德梅斯特將目光從扶手椅投向「暈染成一片溫柔色調，玫瑰紅與象牙白相間的床上」，並聲稱這個被稱之為「床」的家具其實是「充滿想像的空間，喚起內心最溫柔思維的舞台，一個花團擁簇的搖籃，愛情的寶座。」

作者用了四十二篇短文來描寫這三十六步就可以繞完一圈的小房間，從牆上的版畫（「看見眼前第一幅版畫，誰能夠不滿懷感激呢？」）、鏡子（「無疑的，這是我這趟旅途中所見過最奇妙的景緻之一」）、案上的詩集（「這是想像力最美好、最狂妄的奔馳」），到桌下撒嬌的小狗（「相處六年以來，我倆之間的感情從未冷卻過一刻，就算發生過幾回小小的不愉快，我得憑著良心承認，通常錯都在我，但每次先遞出橄欖枝的總是牠。」），全都是德梅斯特感嘆與讚美的對象。

「無出塵之胸襟，不能賞會山水；無濟勝之支體，不能搜剔幽秘；無閑曠之歲月，不能稱性逍遙。」既然古人已經明確地為成為旅行者設下看不見車尾燈的高標準，那就不能怪罪出門旅遊只想吃喝玩耍的我們。反倒是自high到新高度的《在自己的房間裡旅行》，為廣大的平凡大眾提出最重要的見解：旅行歡樂的程度，取決於心態與感受力，和目的地及預算沒有直接的關聯性。只要我們把遊山玩水的心情代入居家，就會發現從陽台遠眺路口的紅綠燈，和在阿拉斯加的雪原中仰望極光一樣新奇有趣。

惘然若失的心

媽媽對我的遠遊與返家，沒有太驚訝，好像日昇月落，春去秋來一樣，是「必然發生的現實」。更進一步來說，全家人對我的消失與出現，似乎習以為常了，甚至到無視的程度，並不是無視於我這個人的存在，而是無視我流浪多年後返家的事實，好像我是去街角買瓶醬油後回家一樣稀鬆平常。反倒是我，不習慣如此的淡然，並非有滿肚子的故事急著找人傾吐，也不是那種「喂！我在這裡」的刷存在感，而是原封不動的一切如舊。離家幾年不重要，生活不會因為我的缺席而停擺，世界一樣以自己的節奏向前發展。

我對留下來的生活感到驚訝，甚至產生了迷惘：即使萬水千山，縱然累月經年，如果周遭的人看待我的方式沒變，那是不是我在旅行沒達到預期的轉換，成為更好的自己呢？

家人的冷靜淡定，反而給我了一記當頭棒喝，至於是什麼，當下卻說不出來，只覺得「自己的想法原來這麼荒謬！這麼自以為是！這麼自我感覺良好啊！」接下來，有好一段時間，我默默做了一項決定：

在還沒明白這份惘然若失從何而來之前，不會出門旅行。

平凡的快樂

踏出家門，需要一套自圓其說的心理準備，同樣的，待在家也需要許多意想不到的理由來說服自己。

「Gregor Samsa 在經歷一連串焦躁不安的噩夢後，於早上清醒過來，他發現自己變成一隻巨大的蟲子，在床上躺著。」

再也沒什麼藉口比早上變成一隻蟲更厭世、更理直氣壯了。卡夫卡筆下所有的角色，都有一種身不由己的無可奈何：變成蟲又不是我的錯？我也不知道為什麼會變成這樣？反正我就是出不了門，不然你要我怎樣？

但如果是「我就想這樣」的自由意志呢？

「和其他的孩子比較，他是如此地與眾不同。甚至，比生命本身更加強大……然後，一切都改變了……馬爾長大了。」

在眾人眼中溫文有禮，想法天馬行空，行為有點古怪的馬爾・艾德（Mal Ede），是西方世界典型中產階級家庭的孩子。預期中，成年的馬爾應該會被歸類為「幹大事」的那種人。隨著小時了了的讚賞，逐漸淡化為不過爾爾的平凡無奇，成年人「應盡」的義務與責任，在不知不覺中落到了馬爾的肩上。年少時趾高氣昂的精神消退了，一股「不知道該做什麼才好」的徬徨油然而生。在人生希望幻滅的二十五歲生日當夜，馬爾躺在童年的床上睡覺，一個奇特的念頭在他心中緩緩成形：

「我再也不想下床了！」

接下來的七千八百三十三天中，馬爾就真的「再也沒離開過床」，不是那種上班日起不了床的掙扎，也不是天氣冷只想窩在被子裡的賴皮，是「人生以後就這樣過的」的果決意志，一種「拉我下床就死給你看」的堅定態度。

另一項能與他的強烈決心相提並論的，是馬爾如無底洞般超現實的食量。

「即然決定不門了，那再怎樣醜也沒差吧！」不想動與拚命吃，成為他每天最重要的現實，但馬爾能如此任性，是因為他有個隨傳隨到、像奴隸般奉獻的媽媽包辦一切，想破頭也不明白自己的兒子為什麼會變成這樣，唯一能做的，就是讓馬爾開心，讓他好好地活下來。就這樣，馬爾成為世界上最胖的人。

儘管他的生活與世隔絕，但馬爾的反常卻讓他聲名遠播，並受到狂熱信徒的頂禮膜拜，追隨者們堅信馬爾所作所為的背後，隱藏著神聖且重大的意義。馬爾臃腫遲鈍、消極無用的生活，才是新世紀的福音，通往應許之地的幸福指南，對資本主義不公不義最沉重的控訴。

偶爾，我也會對工作感到疲乏，覺得自己正朝著笨拙與落伍靠攏，但還真沒有過厭世到躺著完全不下床的寶貴經驗。心態的彈性疲乏是一種控訴，面對充滿樂趣與可能性的生活感到疲憊，或許意味著自己是個無聊的人。

也許，是我們的日常太過尋常，所以容易把「平凡的快樂」視為理所當然。「我擁有過多麼美好的一生，但願我能早點明白。」這句話出自法國作家科萊特（Colette）的訪談錄，時不時地提醒我們：你還不明白嗎？你的生活是平安幸福的。

值得嗎？

二〇二〇年一月之前，繭居、宅在家不出門被視為某種不健康的一廂情願，逃避現實的消極手段，或是抗拒社會化的心理退縮，COVID-19疫情爆發後，無論是強制隔離或自主管理，待在家時間的長短，成為我們道德良心的度量單位，與福國利民的最佳手段。一場心血來潮的自我放風，某次無傷大雅的小逃亡，在過去這可能會被視為浪漫，現在極可能就被責成千夫所指的防疫破口。他人即是地獄，緊急狀態期間，連去個便利商店都要三思而後行，偶爾為之的小旅行成為奢侈的夢想，更遑論踏出國門了。八方雲遊的日子，離我們好遠好遠，現在，除了上下班及必要的民生採買之外，深居簡出的日常，正逐漸內化成自我意識中理所當然的一部分。

二〇二〇年三月邊境管制實施後，我也和大家一樣，乖乖地待在島內，過著採菊東籬下，晴耕雨讀的小日子。許多朋友會前來關心：「現在不能出國，一定很難過吧？」「不能旅行，會不會很想死？」「不能出國旅行，會不會失去生活目標？」種種的關切慰問，我既理解也不理解！怎麼會有人沒出國就想死呢？如果不能出國就失去目標方向，那些無緣、無力或無暇出門遠遊的朋友情何以堪？在我的理解，「旅行」就和道德上的「善良」一樣，與其說是天性，其實它更像是一種選擇，一套想像，一種「也許出走回來後會更好」的預設立場，一筆本益比未定的生活投資。

時間再拉回到多年以前，我若有所失地回家安居的那段時光。記得，那幾個月南台灣的陽光特別刺眼，天空特別地高，大武山特別地遠，連西子灣的浪都特別地安靜，港都平緩的生活節奏，將我從旅人「聽雨客舟中，江闊雲低斷雁叫西風」的滄桑悲涼，打回「夢裡不知身是客，一晌貪歡」的無知懵懂，雖然不至於是走肉行屍的活著，但「好像」失去生活目標的陰霾與空虛（其實說不上來是什麼），如同徘徊不去的鋒面，持續不斷地在心中下雨。

這天，媽媽一樣在廚房準備晚餐，臨時授命我處理全家人都愛吃的地瓜葉。從小，我就跟著母親在廚房進進出出，因此大致上知道如何備料與烹調。媽媽說，只要輕輕彎折葉梗，乾淨俐落地折斷，表示這批次的地瓜葉口感還不錯；但如果折斷後有厚厚的粗絲，出點力才拉得斷，就是要挑去纖維的壞梗。我在地瓜葉的粗莖與嫩葉中挑三揀四，一方面心神游移飄蕩在太虛之外。

「值得嗎？」

「什麼？」突如其來的提問，我還來不及回神。

「我說，」媽媽沒停下手頭的工作，輕輕地問道：「出外流浪，值得嗎？」

是啊！這些年的追尋與付出，值得嗎？

以前我問媽媽，這麼苦，撐著一個家，值得嗎？

看著媽媽借給別人的錢被跑路，因為付不出孩子的註冊費而坐在房間裡默默哭泣，我問媽媽，值得嗎？

如果我們三兄弟都不成材，媽媽所有的奉獻與犧牲，我問媽媽，值得嗎？

這一切，都值得嗎？

我是個書呆子，泡在書海沒有個六、七小時是不會輕易上岸的。也經常在自己的廣播、電視與自媒體，介紹某本書好看與否。有時還會寫上幾篇文字加以申論保薦。儘管如此，還是有朋友會私訊我：「值得嗎？」仔細想想，這問題實在是很奇妙，如果不值得，那為什麼我要白費精神去做節目、寫文章？

現在，母親把問題還給我。所有為旅行付出的一切，值得嗎？

媽媽因為身體不好，所以從來沒去過飛行，或坐車需要三小時以上的目的地，越來越多的不確定的生理因素局限了她的行動力，我曾抵達的遠方，是母親可望卻不可及的夢想。

當時，我並沒有回答，畢竟，這是一個需要時間深化、熟成的答案。母親抬起頭來，手依舊沒停下來：

「那麼……你說聖彼得堡，到底是怎樣的地方？」

折返原點之後

多年後，我紅著眼，抱著母親生命燦爛過後最後的燼，一步一步，一階一階地，走向她最後安歇的所在。

我再度想起多年前那段未完的對話：值得嗎？

值得。我聽您的話，離開家，抵達大地的盡頭，見到了世界，然後，平安回家了。

但這一切似乎也不值得。我的生命，妳的生活，有那麼一段無法回填的空白，我們都錯失了，和彼此相處的日常與美好。而這段空白，終究會化成遺憾，成為我生命的一部分。

所以，你問我，無論是出門還是待在家，值得嗎？

我想起陳淑樺的歌：「有些事情你現在不必問，有些人你永遠不必等。」只有眼前的所有，才是唯一，才是一切。我知道，這一路失去了什麼，我也瞭解，所擁有的又是什麼。終究，我還是踏上旅途，啟程前往陌生的遠方，只是這次不是「旅行」，而是「生活」，多年後，自己才真正明白，我永遠是君問歸期未有期的異鄉人，即使折返回到原點，依舊繼續流浪。

而我，決定接受一切。

國家圖書館出版品預行編目資料

早知道就待在家 / 謝哲青著. -- 初版. -- 臺北市
: 皇冠, 2021.7
面 ; 公分. -- (皇冠叢書 ; 第4955種)(謝哲青作品 ; 03)

ISBN 978-957-33-3752-2 (平裝)

863.55　　　　110009643

皇冠叢書第4955種
謝哲青作品 03

早知道就待在家

作　　者—謝哲青
發 行 人—平雲
出版發行—皇冠文化出版有限公司
台北市敦化北路120巷50號
電話◎02-27168888
郵撥帳號◎15261516號
皇冠出版社(香港)有限公司
香港銅鑼灣道180號百樂商業中心
19字樓1903室
電話◎2529-1778　傳真◎2527-0904
總 編 輯—許婷婷
責任編輯—蔡維鋼
美術設計—王瓊瑤
作 者 照—楊祖宏(攝影)、謝雨棠(化妝)
內頁照片—shutterstock、謝哲青
著作完成日期—2021年5月
初版一刷日期—2021年7月

法律顧問—王惠光律師

讀者服務傳真專線◎02-27150507
電腦編號◎572003
ISBN◎978-957-33-3752-2
Printed in Taiwan
本書定價◎新台幣450元/港幣150元